꽌시 나라 중국

꽌시 나라 중국

초판 1쇄 찍은날 2004년 11월 15일
초판 1쇄 펴낸날 2004년 11월 22일

지은이 이화수
펴낸이 서정임
펴낸곳 도서출판 BG북갤러리
주소 서울시 영등포구 여의도동 14— 13번지 가든빌딩 608호
전화 02)761-7005, 761-8588
팩스 02)761-7995
http // www.bookgallery.co.kr
E-mail cgjpower@yahoo.co.kr

ⓒ이화수, 2004

값 8,000원

*저자와 협의에 의해 인지는 생략합니다.
*잘못된 책은 바꾸어 드립니다.

ISBN 89-91177-02-6

중국 비즈니스에 꼭 필요한 지침서

꽌시 나라 중국

이화수 지음

BG 북갤러리

중국 비즈니스에 꼭 필요한 지침서

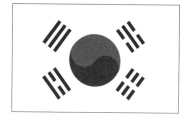 

수 년간 한국에서 발행된 중국관련 서적들은 중국을 부정적인 시각에서만 바라보는 경우가 많았다. 이 책은 중국과의 사업관계에 있어서 미처 알지 못하고, 정확히 이해하지 못해서 발생되는 어려움을 이겨내는데 다소나마 도움이 되는 내용들을 풀어놓았다.

참고로 이 내용들은 실제 필자가 중국 현지에서 사업체를 운영하면서 겪고 들은 이야기들을 중심으로 서술했다.

　부록으로는 중국 비즈니스와 관련, 꼭 필요한 [천자문(千字文)과 간체자(簡體字)*]의 뜻풀이를 비교해 보았다. 중국에 대한 사업을 구상하거나, 이미 실행중인 여러분에게는 많은 도움이 될 것이다.

---

* 간체자(簡體字)
중국에서 필획(筆劃)이 많고 복잡한 종래의 정자체(正字體)를 줄여서 간단히 한 것이다. 1956년에 국무원(國務院)은 한자간소화방안(漢字簡素化方案)을 공포한 바 있으나 이를 다시 정리하여 1964년 3월에 제정, 공포하였다.

머리말

중국을 바르게 이해할 수 있는 기회가 되길 바라며

2000년이 시작되면서 세계는 크게 변화하고 있다.

이데올로기적 사상이 무너지고 홍콩이 100년 만에 중국
에 반환되었다. 그리고 한국에서는 남북한 정상회담이 개
최되었다. 아직도 6·25 한국전쟁이 왜 일어났으며, 수많은
사람들이 왜 죽어갔는지 이유도 모른 채 우리의 역사는 흘
러가고 있다.

최근 세계는 환율 변동으로 인한 외환 위기, 세계 금융
기관의 합병, IT(Information Technology ; 정보기술)의 발전

으로 인한 인터넷 상거래의 변화, 또한 휴대폰의 활성화로 인한 인간 사회의 엄청난 변화들이 일어나고 있다.

이와 함께 많은 나라들이 '이제는 중국에서 사업을 해야 한다, 인건비가 저렴한 광활한 대륙 중국으로 공장을 이전해야 한다' 라고 말한다. 여기서 중국과 역사적으로나 지리적으로나 가장 가까운 한국은 예외일 수 없다.

그러나 지난 5천년 이상 가장 밀접한 관계를 맺어온 한국과 중국은 정말로 가깝기만 한 관계일까?

이러한 중국에 대해 우리는 너무나도 올바로 배우지도, 이해하지도 않고 무작정 접근하려고만 한다.

필자는 이 책에서 중국에서 사업상 꼭 알아야 할 천자문과 간체자, 그리고 사업상 꼭 알아두어야 할 중국인들의 사고방식에 대해 간략하게 소개하고자 한다.

등소평이 시장 개방을 하여 자본주의 원리를 도입하려

는 시도를 하고 있지만, 역시 중국은 중화사상이 가득한 사회주의 국가임이 분명하다. 이 부분을 이해하지 못하고 서양 자본주의 방식대로 중국에서 사업을 하려고 해서는 아마도 '멀고도 먼 중국'이 될 뿐이다.

우리는 중국과의 관계에 있어서 사상과 감성이 다른 민족임을 먼저 이해하고 그들을 대하는 것이 우선 중요한 과제일 것이다. 특히 중국은 미지수라며 회기론까지 들먹이며 비난하는 일부 사람들과 중소기업인들에게 이 책이 한 번쯤 다시 생각해보고 중국을 바르게 이해할 수 있는 기회가 되었으면 한다.

끝으로 필자는 중국 전문가도 아니고, 작가는 더더욱 아니라는 사실이다. 다만 중국 현지에서 사업장을 운영하며 실제 겪었던 체험사례들을 제대로 알리고 싶고, 진정으로 솔직하게 전하고자 했던 꼭 필요한 내용들만을 정리했을 뿐이다.

이 책을 출간하게 도와주신 주위의 여러분들에게 감사함을 전한다.

2004년 10월 중국에서

이 화 수

차례

Contents

중국 역사 속의 재중동포(조선족)

많은 사람들이 중국하면 조선족을 먼저 떠올린다. 또한 한국에서 자칫 잘못 알면 중국이 조선족들이 사는 나라인 양 말들이 많다.

조선족은 대략 중국 전체 13억 인구 중(통계가 정확하지 않아서 대략으로 표시한다) 200여 만 명이 중국에 살고 있는 재중동포들이다.

　중국 내에 살고 있는 조선족 200여 만 명 가운데 먼저 80여 만 명 이상이 밀집해 살고 있는 옌벤 민족자치주를 소개해 본다.

　면적은 42,700제곱 킬로미터, 인구는 약 200만 명의 재중 동포 중 자치주 내 조선족은 80여 만 명 이상이다. 여기에는 옌벤대학을 포함해서 7개 대학교와 9개의 전문학교, 110여 개 이상의 중학교, 450여 개 이상의 소학교, 그리고 라디오, TV 방송국 등이 다수 있다.

　전 세계에 자기 민족이 외국으로 이민 가서 사는 동포들을 부를 때 우리는 흔히 미국에 살면 재미교포, 일본에 살면 재일교포, 기타 다른 나라들은 각각 '재O교포'라 한다. 그런데 우리는 유독 중국만은 재중동포라 하지 않고 '조선족'이라 부른다.

편의상 중국에 사는 수많은 민족을 구분하기 위해 조선족이라 명명한 것인지, 아니면 우리 민족들이 후에 독립성을 위해 조선족이라 했는지는 그다지 중요하지 않다. 다만 이 책에서는 그들을 재중동포라 칭한다.

재중동포들은 일제시대 이전부터 주로 농사지을 땅을 찾아 이주한 농민들로 항일 독립운동에 직·간접적으로 가담했던 사람들과 한일합방 이후에 강제로 이주 당했던 사람들이다. 이들이 한 푼 두 푼 모아 우리나라 독립운동에 지대한 공로를 끼친 조상들의 후예인 것만은 틀림없을 것이다.

해방 후 그들은 고국으로 돌아올 수 있는 기회를 놓쳤을 수도 있고, 한국 전쟁으로 발이 묶였을 수도 있다. 또 어쩌면 그 넓은 중국 땅에서 전쟁, 그 자체도 모른 채 지내고 있는 지도 모른다.

전쟁 후 우리는 우리의 의지하고는 무관하게 남한과 북한으로 갈라졌다. 그래서 재중동포들이 조국의 품으로 돌아올 수 있는 기회를 거의 50여 년 이상이나 흘러버린 것이다. 오늘날 그들이 고국으로 돌아오기는 사실상 불가능해졌다.

그러던 어느 날 '한중수교'가 맺어졌다. 그로 인해 양국의 교류는 최근 급물살을 타고 있는 것이다.

한국과 중국은 수천 년 역사 속에 가장 가까운 나라로서 정치, 경제, 문화적으로 밀접한 관계가 있는 나라다.

정치적으로 한중관계가 원만히 정립되기 전부터 이미 일부 사업가들은 중국에 들어가 비공식적으로 사업을 전개해왔다.

최근 중국에 대해 무엇인지 정확하게는 모르지만, '매력적인 나라, 떠오르는 거대한 용, 경제적으로 미국을 이길 수 있는 나라, 자원이 풍부하고 사업하기에 너무 좋은 나라, 언어 역시 재중동포가 200여 만 명이나 되어서 의사소통에 전혀 문제없는 나라' 등 중국을 긍정적으로 평가하는 좋은 미사여구(美辭麗句)는 모두 동원되고 있는 것을 쉽게

볼 수 있다. 사업가든, 학생이든 몇 명만 모이면 화젯거리가 중국이 되어 버릴 정도다. 중국에서의 사업은 흥할 수도 있고, 망할 수도 있는데도 말이다.

그동안 출간된 중국관련 도서들의 책 제목만 봐도 정말 자극적이다. 《망하려면 중국에서 사업해 봐라》, 《조선족을 철저히 무시해라》, 《2시간 안에 이해하는 중국》 등 아주 다양하다.

학생을 키우는 부모는 '우리 아이 대학 못 가면 북경에 가서 북경대학 보내지…'라고 겁없이 말한다. 이 말이 북경 근처에 있는 대학을 말하는 것인지, 진짜 북경대학을 말하는 것인지 이해하기 어렵다. 13억 인구 중에 뽑혀서 가는 대학을 우리나라의 서울대학도 아닌 서울에 있는 전문대학도 못 가는 아이를 그곳에 쉽게 보낸다고 하니 중국을 너무도 모르고 하는 말이다.

이런 사람들은 중국 간체자도 모르고, 영어도 잘 못하고,

그곳 음식도 잘 못 먹고, 여하튼 모든 것이 불리한 상황에서도 본인이 절대로 불리한 줄을 모른다는 것이 문제라면 문제다.

한국에서 중소기업을 운영하는 사업가가 중국에 대해 이런 것을 알기는 더더욱 쉽지 않을 것이다.

소수의 몇 명을 직원으로 두고 운영한다고 법으로 정해 놓아 중소기업이라고 하기는 했지만 100명 이하 직원을 가진 구멍가게라고 하면 그들은 자존심 때문에 속상해할지 모른다. 그렇지만 그들에게는 중국에 대해 국내에서 얻을 수 있는 정보는 정말 부족하다. 그저 과거엔 단순히 대기업 그늘에서 하청업체로 불려졌다. 그러다가 이제야 그 명칭만 협력업체라고 불려지고 있을 뿐인 국내의 소규모 회사들이 무턱대고 중국에 진출한다면, 그 기업들은 특히 조심해야 한다.

비유가 옳은지는 모르지만 '현실도피' 형태로 학생을 중국 북경대학에 보내려고 하는 부모나 한국에서 사업이 잘 안 되어서, 노조가 두렵고 귀찮아서, 인건비가 늘어서, 그것을 피해 중국에서 공장이나 해볼까' 하는 사람들은 중국 진출을 다시 한번 생각해 보아야 한다. 중국에 대한 이러한 얄팍한 정보 정도로는 거의 무지에 가까운 상태에서 진출하는 것과 같다고 이해하면 된다.

중국의 정치적인 부분은 여기서 열거하고 싶지 않다. 그들은 고구려의 역사도 자기들 것이라고 우기고 있으니 말이다. 이 부분은 독자들이 더 잘 알고 있을 것이다.

미국이 중국보다, 그리고 한국보다 잘 살고 선진국이기 때문인지는 모르나 미국에 사는 한국인, 즉 이민 가서 사는 재미교포라고 하면 우리는 왠지 기가 죽는다. 그들은 영어도 잘 하고 어깨에 힘이 들어가는 사람들로 알고 있기 때문이다.

과거에 미국에 간 동창들의 얘기를 빌면 아는 사람들이 공항에서부터 나와 언니나 형, 아니면 서로 친구로 대하다가 결국 그들에게 사기를 당한 것이 대부분이었다고 한다. 그러니 지금의 중국 현실하고 다를 것이 없다.

사기를 당한 사람들에게는 현지에 대한 정보도 부족하고, 인맥도 없어 어쩔 수 없이 처음 만나서 사귈 수밖에 없었던 현실이었을 것이다.

타국에서 태어나고, 그 나라에서 오래 살면 그 나라 국민의 성격을 갖고 산다. 그리고 행동 자체도 고국에 사는 사람들과 다른 것은 당연하다. 얼굴 모습만 비슷할 뿐이지 재중동포나 재미교포가 거의 비슷한 사고를 갖고 있다고 이해하면 된다.

미국에 사업하러 가는 한국인이 있다고 가정 해보자.

한국인이 미국에서 만나게 되는 재미교포들은 영어도 잘 하고 경제적으로 안정되어 있어 무언가 우리가 얕보기에는 어려운 상대들이다. 그렇다고 보면 우리나라 사업가가 미국에 가서 중국에서처럼 막무가내로 행동하고, 업무적으로도 재미교포들을 막대 할 수 있을까? 후에 언급하겠지만, 중국에서 사업해본 사람은 이 말뜻을 이해하리라 믿는다.

사업은 전 세계 어느 국가 어디에서나 동일한 것이다.

유독 중국에서만 조심하고, 경계하고, 일어나는 일들은 아니다. 중국은 우리나라와 지리적으로 가깝고 그곳에 가장 많은 우리 동포들이 살고 있다. 우리 동포들은 또 우리의 언어 장벽을 해결할 수 있는 유일한 수단이기 때문에 사업가나 유학생이 맨 처음 만나는 사람들이다.

여러 출판물과 중국에서 사업하는 사람들이 조선족을 잘못 평가하는 사례들을 적어 보았다. 물론 이것은 일부 사람들에게 해당되는 말이다.

> 조선족 : 순 도둑놈들이다.
>
> 조선족 : 쌍팔연도 군대처럼 다스려야 한다.
>
> 조선족 : 콩으로 메주를 쑨다 해도 믿지 마라.
> 입만 열면 거짓말이다.

조선족 : 절대로 금고 열쇠를 맡기지 마라.

조선족 : 한번에 두 가지 일을 시키지 마라.
한 가지 일도 제대로 못 한다.

조선족 : 그들은 얼굴만 한국인이지 중국인이다.

조선족 : 그들은 은혜를 원수로 갚는 놈들이다.
잘 해주지 마라.

한국인들이 이렇듯 제 민족에게 욕을 하고 있는 것이다.
이에 반해 재중동포들이 한국인에 대한 불만을 열거하
자면 한도 없다. 그러나 그들은 그렇게 하지 않는다.

조선족 즉, 재중동포들은 우리가 행복하게 독립국가 대
한민국으로 살아갈 수 있도록 노력한 항일독립운동에
직·간접적으로 참여한 독립운동가들의 자손들이다. 그러
한 그들을 우리들이 쉽게 대해서는 되겠는가.

중국에서 사업하는 사업가나 공부하러 가는 유학생이

맨 처음 만나는 사람들이 재중동포다. 이들을 보는 잘못된 시각에서부터 첫 단추가 잘못 채워지고 있다. 하지만 이제부터라도 그들에 대한 선입견을 버리고 그들과 협력관계를 다시 모색해야 한다.

재중동포에 대해 몇 가지 먼저 알아야 할 것이 있다.

첫째, 중국 공산주의 국가(즉, 사회주의 국가)에서는 과거에 영어를 가르치질 않았다.

우리 언어에 깊숙이 자리잡은 영어 표기식 한국어를 잘 모른다(예를 들어, '노트에 메모해라'라고 말하면 생각나는 대로 'XX해라'라고 통역한다. 상대편이 '무엇을 하라고 하는데?'라고 반문할 정도다). '노트'와 '메모'라는 단어를 잘 모르는 동포들이 많기 때문이다.

둘째, 오랜 세월 동안 모국어인 한국어가 변한 말들에 대해 그들은 잘 모른다(실제 그들이 한국에서 살지 않았으니까 말이다).

셋째, 중국에서 태어나 지금까지 중국식, 사회주의식으로 살아서 자본주의식 사고방식을 잘 이해하지 못하고 있다.

넷째, 자존심이 강한 우리 한국 민족에 더해 중국 한족 자존심이 추가되어 있어서 사소한 것에도 자존심을 상해한다.

다섯째, 아직은 성격과 행동이 공산주의, 사회주의적이기 때문에 이런 부분을 이해하고 접하면 된다(물론 사회주의 이론을 모르는 독자가 많겠지만…).

이런 교육만을 받은 재중동포들의 통역이란 그리 쉬운 것이 아니다. 그들이 하는 통역은 단순히 언어 전달 정도라고 생각하고(60% 이상의 의사 전달을 한다는 것은 있을 수가 없다), 가급적 중요한 회의는 문서를 보면서 하는 것이 서로 오해가 없을 것이다.

아마 멀고 먼 동북지방 조선족 사회에서 조선학교를 나

와서 50여 년 이상이 지난 요즘의 한국어와 한국인의 습관을 이해하리라는 것 자체가 무리일 것이다. 우선 한국인과 통역인과의 기본적인 의사소통이 잘 되어야 한다. 그래야 이후 사업상 필요한 통역이 제대로 될 것이다.

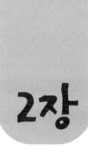

가깝고도 먼 '중화인민공화국'

한중수교 이후 겨우 10여 년이 지난 지금 많은 사람들이 중국을 비난하기 시작했다. 중국은 절대로 사업할 곳이 못된다. 망해서 돌아온 사람들이 대다수다. 도무지 이해할 수 없는 중국 사람들이라고 말한다.

과거 외국에 가서 사업했던 수많은 사람들 역시 많은 시행착오를 겪었다. 그 가운데에서도 성공한 사업가들은 사전 준비를 철저히 하고 남들보다도 더 많은 노력을 했다. 그랬기 때문에 성공이라는 열쇠를 거머쥘 수 있었던 것이다.

다만 중국이 지리적으로 가깝다는 이유와 200여 만 명에 달하는 재중동포(조선족)들이 있어 그들이 거대한 통역관(?) 역할을 한다는 사실만을 믿고 사전 준비를 소홀히 했기 때문에 실패를 경험하는 것이다. 게다가 중국인을 제대로 이해하지 못한 결과가 또한 실패의 큰 원인이라면 원인이다.

이것은 지극히 당연한 일이다. 앞에서도 설명하였듯이 중국 진출을 꾀하는 우리나라 기업인들은 조선족이라는 통역관만을 전적으로 믿어서는 안 되며 이제부터라도 중국어 어학공부를 비롯한 사전 준비를 더욱더 철저히 해야 할 것이다.

중국은 하나의 국가일까?

중국은 결코 하나의 국가가 아니다.

중국 국기를 보면 다른 나라 국기와 전혀 다른 점이 있다. 큰 별 1개, 작은 별 4개가 그려져 있는 것을 볼 수 있다. 중국 국기의 큰 별은 중국 공산당, 작은 별은 노동자, 농민, 도시 소자산 계급, 민족 자산 계급을 의미한다. 이는 정치적으로 중국 공산당을 주축으로 모두가 하나됨을 뜻하고 수많은 나라들로 구성되었다는 사실을 입증하고 있는 것이다.

이 점이 사업가로서는 정말 중요하다. 13억이라는 중국의 거대 인구가 입증하듯이 그들 전체가 경제인구일 수도 있지만, 서로 다른 지역적인 문화나 생활관습으로 인해 아닐 수도 있다는 점이다. 산동성에 가면 산동성 법과 산동인의 성격, 상술 등을 공부해야 하고, 베이징에 가면 베이징인에 대해 배우고, 그들을 사귀는 법, 음식 먹는 법, 술 마시는 법 등을 모두 다시 배워야 한다. 이러다 보니 중국에서 사업하기가 얼마나 까다롭고 어렵겠는가.

중국 투자유치단의 처세술

이해를 돕기 위해 과거 80년대 일본의 사례를 잠깐 들어 본다.

한국에서 일본 기업에 사업에 필요한 자료를 구하러 갔다고 가정하자. 우리나라 기업인 3~4명이 3박 4일 일정으로 일본으로 간다.

첫날 일본의 회사에서 담당자를 만나 자료를 구하거나 견학을 하려고 일정을 잡았다. 일본 담당자는 과장의 허락을 받아야 한다며 하루를 끈다. 그러면 우리는 또 저녁에 과장에게 접대를 한다. 다음날 과장에게서 약간의 자료를 받고 일본 공장 견학을 하려고 한다. 그러나 담당과장은 여기까지가 내 권한이고, 좀 더 자세한 자료와 공장 견학은 부장의 권한이라고 한다. 그래서 한국 기업인들은 어쩔 수 없이 저녁에 부장을 만나 다시 접대를 한다. 그러는 사이 예정된 출장 기일이 지나가 버리고 만다.

어찌되었든 이튿날 한국 기업인들은 대충 자료를 챙기고 수박 겉핥기식으로 공장 외부 시설 정도만 보고 귀국한다.
물론 일본에서 받아온 자료라는 것도 지난 과거의 쓸모없는 자료들만 들고서….

이런 식으로 우리는 덤벙 출장 가는 것 자체만으로 자료를 구하고 앞선 기술을 배워온 적이 있다. 이런 면을 보더라도 한국인은 너무나 성격이 급하다.

대기업과 중소기업은 투자 방법과 여건이 다르다. 우리나라 중소기업의 예를 들어 본다.
한국에 와서 중국 투자유치단들이 설명을 하면 우리들은 이미 준비한 자료와 공장들을 그들에게 못 보여줘서 난리들이다. 우리 기업들은 또 솔선수범하여 온갖 접대와 선물 공세도 잊지 않는다.

이후 그들과 상담 및 협의가 잘 이루어져 중국 초청을 받고 한국 중소기업 사장이 현지 투자 예정 기업을 만나러 중국에 간다. 그러면 중국인들은 공항에서부터 손님맞이 준비로 대단하다. 환영인사 여러 명이 대기하고 있다가 꽃다발을 전달하고 CCTV 카메라 취재진까지 출동한다. 거기다 공항 출구 입구에는 우리가 쉽게 접하지 못했던 검은색 일제 승용차를 대기시키고 있는 것이다.

이를 구체적으로 설명하면 한 차에 기사 1명, 손님 2명 정도 태우고, 몇 대의 승용차가 일렬로 출발한다. 한국 중소기업 사장은 여기에서 일단 감동을 받는다. 중국에 도착하여 일제 고급 승용차와 CCTV 방송국 취재진, 귀빈실을 통한 간단한 입국 심사 등 난생 처음으로 이러한 융숭한 대접을 받다보니 한 나라의 장관이 부럽지 않다는 생각을 한다. 한국에서는 도저히 맛볼 수 없는 융숭한 대접을 경험했으니 말이다.

이들은 곧바로 특급 호텔로 이동해서 점심식사를 하러

중국 식당에 간다. 응접실이 달려있는 큰 식당 룸에는 이미 중국 정부 요원들이 와서 기다리고 있다. 한 사람은 부시장, 또 한 사람은 부구청장 등 기타 10여 명 정도와 인사를 나누고 자리에 앉아 식사를 하며 술을 마신다. 중국인들은 습관적으로 점심에 2시간 정도 술을 마시며 식사를 한다. 중국 접대문화에 대해서는 이후에 상세히 설명하겠다. 여하튼 한국 중소기업 사장은 여기서 또 감동하고 있다.

한국 공장은 임금도 비싸고, 노조원들이 노동운동을 하고 있고, 부시장급 고급 공무원 한번 만나기가 하늘의 별 따기다. 그리고 여기까지 줄을 대서 고급 공무원을 겨우 만났다고 하더라도 좀처럼 사업 이야기를 풀어나가기가 쉽지 않은 게 현실이다.

첫날부터 부시장, 부구청장 등이 나와서 접대를 하니 이미 중소기업 사장은 '난 무조건 중국에 투자를 해야겠다'고 결심하게 된다. 조건도 좋다. 땅도 싸게 주고, 어떤 경우에는 무상임대도 가능하다. 건물도 무상으로 빌려주고, 기술력과 자본만 있으면 노동력이 싸고 정부에서 지원까지 한다. 거기다 노동조합도 없다(실제로는 '공회'라고 공산당 소속 노조가 있다). 한국 중소기업 사장은 '중국처럼 사업하기 좋은 천국이 어디 있나?'라고 말하면서 이미 다음날이 오기 전부터 90퍼센트 중국 진출 결심을 한다.

이 얼마나 중국인들의 고도의 처세술인가? 중국인은 이미 20년 앞서 수교를 맺은 일본인과의 접촉에서 우리 한국인을 익히 배워 너무나 잘 알고 있다. 우리는 그들에 대해 아무것도 모르는데 말이다.

손자병법의 원조인 중국. '적을 알고 나를 알면 백 번 싸워 백 번 이긴다!' 한국인의 가장 큰 단점인 성급하게 결론을 내리는 성격, 술과 여자를 사업보다도 더 좋아하는 사람들이라는 것을 그들은 너무도 잘 알고 있는 것이다. 거기다 한국인들은 체면을 중요시 여기고 정부 고위층 앞에 서길 좋아하고, 매스컴 타기를 좋아한다는 사실도 이미 중국인들은 잘 알고 있다. 그렇기 때문에 그들은 한국인이 좋아하는 일만을 미리 해주고 있는 것이다. 정작 중요한 사업이야기는 그 다음으로 미룬다.

며칠 간의 점심과 저녁에 '깐빠이' 하면서 신선노름에 도끼 자루 썩는 줄 모르다가 귀국하기 하루 전, 미처 술도 깨기도 전에 계약서에 사인을 한다. 아무것도 모르면서 중국말로 '펑이요' '거거' '디디' 하면서 말이다.

되는 것도 없고 안 되는 것도 없는 나라

중국은 너무나도 땅이 넓고 인구가 많다.

중앙 정부는 큰 테두리의 원칙을 정하고 지방 정부(시 정부에서부터 말단 정부까지)에서 임의대로 적응해 나가는 성향이 있다. 땅 좁고 인구 적은 우리 한국에서의 방식하고는 많이 다르다.

예를 들어 본다.

극단적일 수는 있지만, 중국 해관(관세청)에서 수입물품을 갖고 들어오는 여행객이 통관하는 경우 관세를 내야할 문건이 발견되면 관세 500인민폐를 부과한다. 너무 비싼 것 같아서 비싸다고 하면 곧바로 1,000인민폐라고 수정한다. 또 입국자가 불만인 듯하면 '통관불가' 예치하라고 말한다.

이런 경우가 모든 해관에서 그런 것은 아니다. 다만 조목조목 정확하고 세세하게 명시되어 있지 않아 담당관들의 재량이 많기 때문이다. 그러나 같은 경우에 잘 아는 사람이 있으면 '꽌시'가 발동하면 그냥 통과할 수도 있다. '꽌시'에 대해서는 뒤에 자세히 설명한다.

아마도 중국의 법률제도가 미비한 것이 많고, 사회주의 국가 통치 방식은 처벌 규정이 너무 엄격하여 담당관들의 재량권이 너무 크기 때문일 것이다.

'꽌시'가 있으면 해결되고, 안 되고 하기 때문에 중국을 '되는 것도 없고 안 되는 것도 없는 나라'라고 말하는 것이다.

이것이 중국에서 살아가는 기본 원칙일 것 같다.

사업을 잘 하는 사람은 중국에서도 잘 할 수 있다. 다만 이것을 잘 하지 못하면 망해서 돌아온다. 이런 사업은 어찌 보면 전 세계에서 가장 어려운 상황일 수도 있다. 더 이상 상세하게 예를 들지 않더라도 현명한 기업가들은 이미 이해했으리라 믿는다.

공무원은 사업지원팀

한국 공무원하고 중국 공무원은 하는 일이 약간 틀리다.

우리 공무원들은 일이 너무 많고(?) 바빠서 기업인을 도와줄 수가 없다. 어쩌다 만나 저녁이라도 먹을라치면 '뇌물 공무원'이라고 소문이 나기 때문에 만날 수도 없다.

그러나 중국은 모든 조직에서 최고 결정권자가 '서기'다. 서기는 제1인자이고 단 한 명뿐이다.

정부 조직을 모두 열거할 수야 없겠지만, 우리나라 구청에 해당하는 조직을 보면 구에 서기가 1명 있고 구청장 1명이 있다. 그러나 부구청장이 8명 정도 있고, 국에는 국장이 1명 있고 부국장이 꽤 많다(부서별로 인원이 틀리기는 하지만).

이 조직원들은 대개가 서기나 구청장을 대신하여 우리나라 말로 '술상무' 급에 해당되는 일을 수행한다. 그들은 수많은 사람들을 대신해서 상담하고 접대하고 난 후 상부에 보고하여 의견 수렴을 해주는 오피니언들이다.

그들이 실권을 갖고 있다기보다는 일이 바쁜 서기, 구청장, 국장들을 대신하여 만나주는 세력들이다. 직책이 부구청장, 부국장이지만 모두들 '부' 자를 빼고 구청장, 국장이라고 부른다.

이런 정부 공무원들은 투자유치를 목적으로 기업인들을 지원해 준다(물론 성사가 되면 커미션이 있기 때문에 모두 적극적이다).

그러나 우리 한국식으로 고급 공무원들하고 식사를 같이하고, 술 몇 번 마셨다고 '펑이요', '라우펑이오' 한다고 그들을 너무 믿어서는 안 된다. 일이 잘 되고 문제가 없을 때는 서로 하우(좋다)다. 그러나 일이 잘못되었을 경우, 같이 만나 식사를 하고 술을 마시고 형, 아우, 친구 하던 공무원들은 만나기 쉽지도 않고, 아예 아는 척도 하지 않는다.

만약 만나서 그때 같이 있었고, 얼굴 보증도 서주었다고 하고 따진다면 그냥 식사나 같이 하자고 해서 먹은 걸 갖고 왜 그러냐고 도리어 되묻는다. 그 시점은 이미 때가 늦었고 한국으로 돌아갈 시점이 되었을 때일 것이다.

법대로 살 수 있을까?

한국 사람들은 법대로 사는 것을 좋아한다.
그만큼 한국은 법치국가로서 법을 지키려고 노력한다.

그렇다고 중국이 법을 무시하고 산다는 뜻이 아니다. 중국에서 법대로 처리하려고 하면 우선 복잡하다. 수많은 중국 관련 책들을 보면 예를 들어 서술되어 있다. 간단히 설명하자면 기업 간 분쟁, 합자회사의 중국측·한국측 분쟁, 개인간의 분쟁이 발생하면 법보다는 '꽌시'나 조정자를 통해 협의하여 합의를 보는 것이 좋다.

한국식으로 법에 의존하면(한국인 변호사도 없고, 조선족 변호사들도 적다) 몇 년에 걸쳐서 재판이 진행되기 때문이다. 그 기간에 이미 모든 것을 잃어버리고 말 것이다. 그 전에 꼼꼼히 계약 관계를 알아보고 인간 관계를 잘 맺어서 고쳐 나가야 한다. 그러니 전 세계에서 가장 어려운 곳이 중국일 수도 있다. 물론 '꽌시'가 좋다면 전 세계에서 가장 살기 좋고 사업하기 좋고 돈 벌기 좋은 곳이 되겠지만 '꽌시'가 영원하리라는 보장은 없기 때문이다.

요즘같이 한국과 중국의 관계가 '고구려 역사'가 있었는지, 없었는지 하는 판이다 보니 국제적인 '꽌시'는 과연

누구일까를 잘 찾아보아야 할텐데 앞으로가 걱정이다.

중국에 사는 여자들

중국 여자들에 대해 설명을 한다는 것 자체가 이상하지만, 중국의 역사를 알면 조금은 이해할 수도 있을 것이다. 중국의 역사는 전쟁과 내란의 역사였다. 2천여 년 동안 전쟁과 내란, 재앙이 반복되었다. 하지만 통치자들은 백성을 위해서 해준 것이 별로 없다. 결국은 '내 것은 내가 지켜야 한다' 라는 자연 생존 철학이 익숙해지고 그들에게 전통처럼 된 것 같다.

진 황제가 통치 수단으로 내세운 명분은 오랑캐 침입을 막자는 뜻이었다. 하지만 실제는 백성들을 억압하기 위해 만리장성을 평생 동안 쌓게 하였다. 이로 인해 백성들로부터 수많은 원성을 들었으나 요즘 중국은 '진시황제 할아버지' 덕택에 관광 수입으로 먹고사는 사람이 많다니 참으로 역사는 아이러니한 것이다.

이런 환경 속에서 살기 위해 어떠한 일도 할 수 있다는 중국인의 성격은 당연할런지도 모른다. 또 하나의 그들의 특이한 성격은 어떠한 경우에도 잘못을 인정하지 않는 다는 것이다. 이는 자존심이 강해서일 수도 있지만, 잘못을 인정하면 8족이 멸하고 죽음을 당하니까 어떤 일이 발생하면 이유를 대고 습관적으로 변명을 하게 되는 것이다. 살기 위해서 스스로 몸을 지키는 방법을 찾고 통치자가 정해놓은 규칙을 지키면서 살기에는 어렵다고 생각하여 아마도 인간적이고 도덕적인 면이 소홀해졌는지도 모른다.

유교의 발생지가 중국의 산동성이다. 이후 한국, 일본에 지대한 영향을 끼친 사상가 공자가 유교사상을 담아 논어를 집필하고 유교사상대로 살게 하고 싶은 생각이 있었을 것이다. 하지만 오늘날 중국에서는 아예 유교사상을 찾아보기가 힘들 정도다. 모택동이 공산당 창립 후 특히 유교

사상을 배척하고 산아 제한을 위해 1자녀 갖기를 법으로 제정하고(여기서 농촌이나 소수민족의 경우는 예외이지만) 이를 엄격하게 지키고 있다.

이러한 가운데 세계적으로 한국만은 아직도 이 유교 사상을 유지하고 있다. 왜 그럴까?

각종 규제 사항이 너무나 많다. 남녀평등이라는 명분 아래 유교적 도덕성을 없애버리니까 한국인의 잣대로 볼 때 너무나 어처구니없는 일이 많이 느껴지는 것이다. 삼강오륜이 어떻고 하는 우리의 입장에서 중국인을 대하면 보이는 것이 모두 이상하고, 불평하게 되어 시비거리가 생긴다.

한 예를 들어 본다.

중국 여자는 자신이 살아가는 데 남녀 구분이 있다고 생각하질 않는다. 가정에서 중국은 거의 부부가 맞벌이를 하니까 남편이 시장을 보고, 밥을 하고 청소를 분담한다. 회사에 출근하면 화젯거리가 퇴근해서 저녁 반찬을 무엇을 할까 하고 이야기하고 고민하는 쪽이 남편들이다. 우리의 입장에서는 도저히 이해가 되지 않는다. 이런 사상을 갖고 있으니 그들에게서 유교사상은 더더욱 찾아보기 힘든 것이다.

또 재미있는 이야기를 한가지 소개해 본다.

중국 거리에 자전거가 많다는 이야기는 누구나 들어보았을 것이다. 자전거나 오토바이를 타는 여자들이 여름에 미니스커트를 입고 탄다. 아무 거리낌 없이 속 팬티가 다 보여도 그들은 아무런 부끄러움 없이 잘만 타고 다닌다. 그들은 오히려 남이 내 팬티를 보는 것이 나쁘다고 생각한다. '내가 네 것이 아닌데 네가 내 팬티를 보지 말아야지'라는 생각이다. 우리가 생각하는 유교적이고 도덕적인 것하고는 큰 차이가 있다. 우리 같으면 '자신이 안 보여줘야 된다'고 생각하지만, 중국 여자는 대부분이 '네가 안 봐야 된다'는 생각을 갖고 있는 것이다.

비슷한 이야기지만, 중국에서 공산당의 국장하고 한국측 투자자들이 여름에 회의를 하고 있는데 무척이나 더웠던 것 같다. 갑자기 앞에 앉아있던 반공실 여주임(중국에서 주임은 사무실 총 책임자급임)이 치마를 걷어올리고 팬티 스타킹을 엉덩이에서 내리더니 왼쪽부터 오른쪽 다리까지 말아 내리며 자연스럽게 이야기를 한다. 우리는 기겁을 해서 눈을 돌리고 회의를 하지 못 하는데, 고급 간부인 국장은 아무렇지도 않게 이야기를 잘도 한다. 우리는 처음 당하는 일이라 말도 못하고 당황했던 일들인 것이다.

한국에 여행 오는 중국 여자 관광객도 호텔 복도에서 속옷이나 파자마 바람으로 나다니는 것은 보통이다.

이럴 때 우리는 뭐라고 말할까? "예의 없는 것들, ××
×"라고 욕할 것이다. 그러나 중국 사회에서는 이런 일은 아무렇지도 않은 일이다. 그들의 화장실에는 문도 없고 옆 사람과 트여있는데서 같이 일을 본다. 이런 문화적 차이로 그들을 미개한 민족이라고 말할 수는 없을 것이다.

꼭 중국에 사는 여자들이라기보다 다른 나라에서도 마찬가지지만, 중국에서의 여자 문제는 우리들의 상식으로 볼 때 무척 어려운 부분이 많다.

앞서 설명했지만 한국인은 특히 여자에 관해서 유교적 관점으로 대하는 경우가 많다. 만약 서양에서 서양 여자들에게도 동양 여자나 중국 여자 대하듯이 해 보라. 결과가 어떻게 일어나겠는가?

요즘 국내에도 성희롱(?) 죄니, 어떠니 하면서 치도곤을 당하곤 한다. 서양에서는 꿈도 꾸지 못하고 상상도 하지 못할 괴로움이 생긴다.

중국 사업의 실패 원인도 여자를 대하는 것에 문제가 있어서 발생하는 것이 대부분이다.

일반적으로 중국에 처음 가서 언어가 통하는 재중동포(조선족)를 통역으로 활용한다. 그리고 아파트는 월세로 구하고, 청소 및 밥하는 아줌마도 한사람 구한다. 그 다음 회사 경리를 또 한사람 채용해야 한다. 물론 여기서 소요되는 비용은 한국 급여의 10분의 1정도면 충분하다.

우리나라 사업가들은 중국에서 사업이 잘 되면 잘 되는

대로, 안 되면 안 되는 대로 중국 백주를 마신다. 중국은 한국과 비교할 때 엄청나게 싼 술값과 화려한 술집 분위기, 기름지고 맛있는 수백 가지의 다양한 중국 음식을 맛보게 된다. 13억 인구답게 중국에서는 훤칠한 키에 영어도 잘하고 약간의 한국말도 하면서 서비스를 하는 여자들을 쉽게 찾아볼 수 있다. 그들은 겉 얼굴은 한국인의 모습이지만, 속은 중국인인 조그만 재중동포 조선족 아가씨들이다.

그 여자들은 회사문제, 가족문제, 건강문제, 그리고 통역 등을 해주면서 우리에게 점점 중국에서의 해결사처럼 보여진다. 그들은 물건 사는 것도 도와 주고 주위에 어려운 문제(중국인들 '꽌시'가 있어서 가끔은 해결해주기 때문에)를 아주 쉽게 해결해 준다. 그렇기 때문에 우리나라 사업가들은 중국 여자들에 대해서 큰 고마움을 느끼게 된다.

이쯤 되면 중국 여자를 도와주고 싶어지고 도와주다 보면 관계가 깊어진다. 이때부터 문제는 심각해진다. 앞에서 열거했듯이 살아가기 위해서 그들은 무슨 일이든 하기 때문이다.

일부 우리나라 사업가들은 복잡한 다른 문제에 연관되어 회사를 정리하고서도 한국에 돌아와서는 시치미를 떼고 '중국에서는 사업을 할 수 없고, 중국인 모두가 사기꾼이라 더 이상 사업은 안 된다'는 식의 발언을 한다.

주재원이든, 사업가든지 여자들로 인해 망하는 경우가 대부분이다. 이 부분에 대해서 중국에 진출하려는 사업가들은 정말 조심해야 한다.

이해를 돕기 위해 몇 가지 사례들을 들어 본다.

예 1) 일석삼조
회사 경리인 통역, 가정부, 현지처 역을 각각 두는 것이 아까워서 1인 3역을 시키는 것은 금물이다. 월급이 절감되고, 효율적이라고 생각하겠지만, 잘못하다가는 정말로 큰 코 다치고, 망신당하고, 돈 뺏기고, 회사 뺏기고 목숨까지

뺏길 수도 있다.

기업가라면 이 정도의 설명으로도 어떻다는 것을 이해하리라 믿는다. 그들은 혼자 사는 것을 증명하려고 이혼까지 불사한다(물론 남편의 동의를 받아서). 이 정도이다보니 어떤 일이 벌어질 지는 아무도 모른다. 얼마나 무서운 일인가.

예 2) 가라오케 마담들

사업차 외로움을 달래려고 한국 기업인이 자주 찾는 곳이 가라오케다. 거기서 만나는 조선족 마담들. 1년 정도 근무해서 중국말이 좀 된다싶으면 한족 마담들을 알게 된다. 이 마담들이 직접 문제를 일으키지는 않는다. 그들은 단골손님이자 돈 잘 벌게 해 주는 주재원들과 기업가들에게 잘 대해 준다. 그러다 보면 외로움을 달래준다는 명목으로 젊은 아가씨들을 단골로 소개해 준다. 한국인은 이 마담들이 소개해주면 무조건 안심(?)하고 믿는다. 하지만 그들은 이것을 이용한다. 이 젊은 아가씨들이 바로 '꽃뱀'이라고 생각했을 때는 이미 늦는다. 꽃뱀에게 잘못 걸리면 본국으로 송환 당하고, 회사 뺏기고, 가정이 파괴된다. 그 이후는 설명하지 않아도 잘 알 것이다. 이래도 이해하지 못 한다면 한 번 경험 해보고 그 큰 대가를 톡톡히 치르고 배우면 된다.

근본적으로 중국 호텔에서 부부 증명서가 없으면 같이 숙박할 수가 없다.

단속을 하지 않는 날도 있지만, 어떤 날은 공안의 철저한 단속에 잡혀가기도 한다. 그 때는 모든 일이 한국처럼 해결되지 않을 수도 있다. 남의 나라에서 큰 범죄를 지었으니 그들의 사고방식과 관습에 의한 해결방법(?)밖에는 별도리가 없다.

이러한 사회주의 체제에서 겁없이 세상 물정도 모르고 살아가는 한국인이 많다는 사실이 참으로 걱정이다. 물론 '공안'과 가라오케와의 '꽌시'가 있어서 단속을 가끔은 피해가기도 한다. 하지만 '꽌시'는 상대편이 필요로 할 때만 적용된다는 사실을 명심해야 한다.

예 3) 거리의 여자들

중국은 근본적으로 매춘이 금지되어 있고, 가라오케에서도 옆자리에 앉거나 노래를 같이 부를 수 없다.

여자들이 돈을 쉽게 벌 수 있도록 제공할만한 마땅한 장소가 없는 것이다. 따라서 그들은 음악이 나오는 시청 앞 광장에서 공공연히 춤을 추며 돈 있어 보이는 한국 남자들에게 접근한다. 유교적 사상이 없어서 흔히 말하는 대로 좀 헤프다는 생각이 들 정도로 웃음을 띄면서 접근, 유혹하는 것이다. 그들의 목적은 단 한가지 돈 때문이다. 이하 생략해도 잘 알리라 믿는다.

여하튼 중국에서 여자부분만 잘 해결하고 잘 관리할 수 있다면 90퍼센트는 사업에 성공한 것이나 다름없다. 일본 사람들이 20여 년 전에 왜 그들에게 당하고 철수했나를 분석해 보면 잘 알 수 있을 것이다.

3장

'꽌시'

거대 중국을 이끄는 힘! '꽌시'

'꽌시'란 사람을 지칭하는 것도 아니고 돈도 아니다. 그리고 돈으로 쉽게 살 수 있는 것도 아니다. '꽌시'는 쉽게 설명하면 '인맥 형성의 끈'이라 할 수 있다.

'꽌시'가 좋으면 중국에서는 모든 것이 잘 해결된다고들 말한다. 아마도 중국이 교통과 통신이 발달하지 않은 상태에서 중앙 정부를 중심으로 운영하면서 전국에 소개장 하나로 통했던 사회에서 통용되었던 것으로 이해할 수 있다.

지금도 중국 어디든 전화 한 통화로 '아무개가 어떤 일로 가는데 잘 도와줘'하고, 상대편이 '하우다(좋다)'라고 말하면 아마도 목숨에 관한 사항을 제외하고는 모두 도와주는 의리(?)의 관계이다. 쉬운 말로는 인생을 같이 가야할 관계, 내가 진심으로 도와 줘야 되고 내가 언제라도 도움을 받을 수 있는 관계를 '꽌시'라고 한다.

앞서도 설명했지만 중국은 법제도 자체가 광범위하고 미비한 상태다. 따라서 제도를 운용하는 개인의 권한이 크기 때문에 '꽌시'는 더욱 더 중요하다. 그래서 중국에서는 '되는 일도 없고, 안 되는 일도 없다'는 아이러니한 말이 있다. 그것은 이런 '꽌시'에 의해 좌우되는 일이 많다는 것을 뜻한다. 똑같은 사안도 '꽌시'가 있어 담당자를 잘 알면

잘 해결되고, 없으면 여전히 해결이 안 되는 엉터리 같은
처리 방법이다. 이에 대한 예를 들자면 한이 없다.

중국에서 사회 활동을 하는 모든 사람들은 이런 '꽌시'
를 잘 알고 있다. 그렇기 때문에 내국인, 외국인 할 것 없
이 누구나 중국에서 성공하려면 '꽌시'를 중요시 생각할
수밖에 없다.

접대문화

흔히들 중국에서 사업하려면 술을 잘 마셔야 한다고
한다.
한국과 가깝고 성격도 비슷한 산동성의 예를 들어 본다.

산동성은 한국 투자 기업이 가장 많은 곳, 바로 미국의
서부 해안지역 같은 곳이다.

그곳의 점심은 정오 12시부터 오후 2시까지, 저녁은 6시부터 8시까지다. 주빈, 객빈 합쳐서 대개 10명 정도 같이 식사를 한다. 초대를 받으면 앉는 자리를 따로따로 배치하기 때문에 자리에 앉는 데만도 5분 여의 시간이 걸린다.

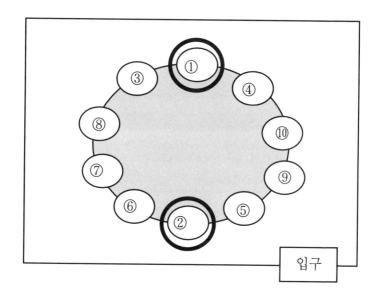

단칸방(칸이 막힌 단독방) 문 입구에서 안쪽으로 바라보면서 대칭한 자리 ①번이 이 자리를 마련한 사람 즉 주최측, 최고위층, 또는 돈 내는 사람일 수도 있다. ①번이 당서기고, ②번은 기업체 사장이라면 ②번이 사실은 초청한

사람이지만, ①번을 주최측으로 앉히고, ②번이 돈을 낸다. ③번이 오늘의 최고 접대를 받을 손님, ④번은 두 번째 손님, ⑤번이 세 번째 손님, ⑥번이 네 번째 손님, ⑦, ⑧, ⑨, ⑩번은 들러리겸 술상무에 해당하는 사람들이다.

산동성에서는 자리에 앉는 배치에 따라 오늘의 접대자 순서를 알 수 있다. 이러다 보니 자리에 배석하기 5분 정도는 서로 자리싸움을 하게 된다. 서로 ③번의 자리를 양보하느라고….

이렇게 겨우 자리배치가 완료되면 이제는 술의 종류, 즉 백주(소주)의 종류, 맥주, 홍주(포도주) 중 무엇을 마실까를 결정하는데 약간의 시간이 흘러간다. 대개는 백주로 결정된다. 술잔은 우리나라 소주잔 3~4잔이 한꺼번에 들어갈 수 있는 와인잔 크기 정도의 잔에 따른다.

중국은 여 종업원이 항상 술을 따라준다. 이것도 물론 ③번부터 술을 따르는데 처음부터 못 마신다고 뺀다. 몸이

안 좋다. 어제 많이 마셨다. 온갖 핑계를 대다가 반쯤 따르면 또 죽는소리를 한다. 그래도 참석자 모두가 "만(가득 채우라는 뜻), 만"하고 외친다. 그러면 못 이기는 체 하고 가득 받는다. 이렇게 해야 그들은 술 마시는 체면이 선다고 생각한다. 처음부터 그대로 가득 받으면 그동안 술 못 마시고 어떻게 살았나? 하고 체면에 손상이 간다고들 생각하기 때문이다. 이어서 ①번도 ③과 마찬가지로, 그 다음은 ④번, ⑤, ②, ⑥번 순으로 따르다 보니 어느새 10분 이상 시간이 흘러간다. 중국은 정말 술 한잔 얻어 마시기 힘든 나라다.

'만만디…'

식사 자리에서 정말 중국인과 한국인의 성격 차이가 난다. 성질 급한 한국 사람들은 인내심 테스트를 받는 것 같은 느낌이 든다.

이윽고 주문한 음식들이 나오기 시작한다. 유명한 음식점일수록 20여 가지 음식이 가장 짧은 시간 안에 식지 않게 나오는 것으로 평가된다. 먼저 채를 먹고, 요리를 먹고 2~3분 후 ①번이 잔을 들면서 약 2~3분 연설을 한다. '역시 공산당은 말이 많군'할 정도로 그들은 말이 많고 게다가 말도 잘 한다. 인사말과 오늘 참석한 ③, ④, ⑤, ⑥번 순으로 각각의 직함을 불러 가면서 칭송을 하고 당일의 취지를 설명한다.

그리고 나서 "자 우리 이 잔을 몇 번에 나눠 마시자"고 제의한다. '한 모금 마시기가 이렇게 어려운지…' 우리로서는 답답하기만 할 뿐이다.

그래도 성격 급한 ③번 손님이 "한번에 다 마시자"고 제의하면 대개는 따라야 한다.

③번이 다 마시면 건배하고 잔을 부딪친 사람은 모두 잔을 비워야 한다. 대개 술 도수가 36~38도인 것을 마시지만 50도 이상의 술을 마시는 경우도 있다.

이런 식으로 ①번이 3잔 권하고, ②번이 3잔 권하고 계속 권하다 보면 취하게 된다. ③번 손님이 취해서 쓰러지면 이 날의 접대는 대성공이다.

안 취하면 취할 때까지 돌아가면서 권한다. 술 약한 사람은 미리 취하는 것이 건강에 좋을 듯 하다. 이러다 보니 술로 친하게 되고 토의도 많이 하게 된다.

그렇지만 중국인들은 아무리 술에 취해도 술 주정은 하지 않는다. 그리고 술에 취해 화장실에서 토하는 것이 흠이 되지 않는다.

이렇게 해서 식사시간 2시간이 금방 흘러간다. 대개 중국인들은 오후 8시 정도가 귀가 시간이다. 집에 있는 호랑이 같은 마나님도 매일 저녁 8시까지는 이해해 준다. 하지만 8시가 지나면 동시 다발적으로 핸드폰이 울린다.

우리가 생각할 때 중국인들은 불쌍하다는 생각이 든다. 전 세계에서 한국인이 가장 용감하고(술 먹는데), 부인한테 대접받고 산다는 생각에 어깨가 우쭐하기도 한다. 2차로 가라오케 혹은 발 안마를 가기도 하지만, 대개는 각자 집으로 돌아간다. 외국인들과의 접대에서 그들은 친하기 전까지 2차는 안 간다. 애꿎은 한국 사람끼리만 2차를 가고, 또 3차를 가고, 밤은 끝이 없다.

우리나라 사람이 중국에서 술 마실 때 몸조심해야 한다. 중국 술은 저녁에 아무리 많이 마셔도 아침에 머리가 안 아프다고 그들이 말하지만, 정작 독한 술이라 간장이 상할 수가 있으니까 말이다.

펑이요, 라우펑이요

'펑이요'라는 말은 친구라는 뜻이다. '라우펑이요'라는 말은 오래된 친구라는 뜻이다. 중국 사람들은 한번 만나 식사 한번 같이하면 '펑이요'라고 말한다. 백주를 마시면서 연거푸 '펑이요'를 외치며 '간빠이'하면서 마신다.

우리 한국에서의 친구 관계하고는 다르다. 우리는 고향 친구, 초등학교 동창, 중·고등학교 동창, 대학교 동창 등은 친하든 안 친하든 대략 이들을 친구라고 부른다. 물론 사회에서도 친구는 있지만, 대략 동창 관계만으로도 우리는 친구라고 한다. 정말 가까운 친구는 대략 열 손가락 이내일 것이다. 그것도 사정이 급해서 보증 서달라고 부탁하면 집사람이 인감도장 갖고 있는데 물어봐야 한다고 핑계를 대면서 안 해주려고 말할 정도 사이의 친구 관계들. 한국에서는 '꽌시'가 좋은 친구관계가 그리 많지 않은 것 같다. 중국도 마찬가지일 테지만.

중국인은 외국 사람하고 만날 때 첫 번째 만나고, 두 번째부터는 '펑이요'라고 한다. 이때 오해해서는 안 된다. 단순히 친구가 아니고 '펑이요'라고 생각해라.

아마도 중국인은 과장, 확대, 포장하기를 좋아해서인지 친구란 말도 쉽게들 한다. 우린 좀 낯간지러워서 말 못하는데, 중국인들은 쉽게도 한다. 돈 드는 일이 아니니까.

두 번 만나고 세 번 만나고 계속 만나면서 중국인은 테스트를 한다. 이 사람이 꼭 필요한 사람인지, 사귈 가치가 있는지, 사귈 가치가 있을 때 '라우펑이요'라고 말한다. 이 시점이 되면 나이도 물어보고 해서 '거거' '따거' '디디' 등 순서를 정한다. 반면에 우리가 먼저 물어봐서 정할 때는 중국인 쪽에서는 아직 아니다.

우리는 친구가 되기 전에 '족보'를 먼저 따진다. 사귀기 전에 나이, 학교, 고향부터 확인한다. 이런 식으로 순서를 정하려고 한다. 중국인은 이런 순서를 싫어한다. 진짜 친구가 되기 전에는 '따거' 큰형 '거거' 형이라고 하질 않는다. 일단 이런 관계가 맺어지면 '꽌시'가 서서히 작용한다고 생각하면 된다.

그럼에도 불구하고 그들은 계속해서 의심하고 확인해 본다. 특히 외국인일 경우에는 그게 더 심하다.

'라우펑이요' 관계의 예를 들어 본다.

친구가 어떤 친구에게 돈을 빌려달라고 했다고 가정해

보자. 돈 부탁을 받은 친구는 자신이 돈이 없으면 다른 친구에게 빌려서라도 돈을 빌려준다. 친구가 자기한테 돈 이야기를 했다는 것은 자기가 꼭 필요했다고 여기기 때문이다. 두말하지 않고 빌려준다. 그들은 진짜 친구가 아니라면 돈 빌려달라고 아예 하지 않는다. 그들의 자존심 때문에.

이 부분을 한국에서의 친구관계 하고 한번 비교해 보길 바란다. 결코 똑같지는 않을 것이다.

우리가 중국에서 사업을 잘 하거나, 자기 분야에서 무엇인가를 잘 해 볼 요량이라면 서로가 '라우펑이요'가 되도록 노력해야 한다.

덤

처음 중국 땅에 도착한 순간

    우리나라의 반공교육이 얼마나 무서운지 중국에 처음 가려니까 꼭 북한 공산주의 생각을 하게 되고, 마음이 불안하고, 납치만 당할 것 같은 분위기를 연상했다.

지금은 중국 여행을 쉽게들 다니고 항공편도 중국 산동성 연태행이 우리나라에서 하루에 2편이 왕복 운행하고 있다. 하지만 필자가 처음 연태에 갈 때는 1주일에 1대 정도의 비행기가 다닐 때였다.

중국은 방문 비자를 1일, 2박 3일, 1주일 짜리 기타 등등에 따라 급행료를 받고 단수비자만 발급한다. 이제는 지역별로 달라졌지만 정말로 국제 관계상 예의가 없어 보이는 듯한 나라다.

처음 산동성 연태공항에 도착해 보니 어느 시골 공항에서나 봄직한 딱딱한 군복 입은 사람들이 입국 심사를 한다고 우리들을 일렬로 쭉 세워 놓았다. 그것도 한여름 삼복 더위에 햇볕이 내려 쬐는 곳(지금은 우리가 낸 공항세로 멋있게 새로 지었지만)에서 말이다.

입국 심사대는 한 곳만 설치되어 있고, 두 명이 나란히 앉아 있다. 한 사람이 여권 사진 있는 부분을 2분 정도 뚫

어지도록 쳐다보다가 옆 사람에게 넘겨준다. 그러면 또 한 사람이 2분 이상 갖고 있다가 "꽝"하고 스탬프 찍는 소리가 난다. 입국시 그들은 무엇을 확인했는지, 너무나 덥고 지루한 기다림이었다. 입국 심사를 받는 사람들 모두가 한 마디씩 한다.

"서비스가 엉망이야!"

중국 공산주의 사회에서 살던 사람들은 '서비스'란 단어가 익숙지 않아서 잘 모르던 시절이다. 이에 반해 우리나라 출입국 심사대는 보기에도 정말 멋있고, 그곳에서는 일 잘하는 공무원들만이 근무한다는 것이 실감날 정도다.

합자회사 총경리와 중국측 직원들

합자회사는 대개 5명의 동사(이사)로 구성된다. 동사장, 부총경리, 동사 한국 측 3명, 총경리 등. 그리고 부동사장은 중국측 2명으로 구성된다.

중국 합자회사는 한국의 주식회사 형태처럼 주식의 수에 따라 의사 결정을 하지 않는다. 모든 것이 5명의 동사 중 2/3의 찬성으로 의결된다.

정작 문제가 발생되었을 때는 한국측 3명과 1명의 찬성이 더 필요하다. 중국측이 반대하면 절대로 가결 될 수 없다. 이 부분이 참으로 중요하다.

'펑이요', '하우하우' 할 때는 문제없다. 잘 안 될 때가 절대적으로 큰 일이다.

동사장은 한국식으로 회장에 속한다. 투자자 겸 회장급, 총경리(CEO)는 한국식으로 사장에 속한다. CEO(Chief Executive Officer)는 절대적으로 회사 운영상 최고의 결정권자이다. 그렇기 때문에 자본과 경영이 분리된 형태에서 CEO의 권한은 절대적이다.

이 부분이 한국측과 중국측이 서로 이해가 안 되는 부분이다.

중국 직원들은 전원 총경리의 지시에 따른다. 회계, 출납 모두 총경리의 지시에 따라 은행 업무 등 모든 행정업무에 절대 복종이다. 동사장인 한국 회장이 중국에 와서 총경리 부재시 업무를 지시했을 경우 '총경리의 지시가 없어서 할 수 없다. 기다려야 한다'고 직원들은 말한다. 계속해서 총경리는 연락이 안 되고 하면 성급한 동사장은 화가 머리끝까지 난다.

통역은 역시 재중동포 중국인이다. 화가 나서 말해 봐야 통역이 잘 전달되지 않는다. 그도 역시 중국에서 살아야 하니까. 답답한 것은 동사장 뿐이다. 내 돈 내고 하는 내 회사가 어찌해서 내 말을 안 듣는가.

기계 설비는 무관세(계약서 맨 끝 부분에 적혀있다 : 5년 간 장소 이동을 못한다고)로 들어와서 어찌지도 못한다. 싸움이 나면 기계도 움직이지 못하고, 돈도 찾지 못하고 회사에 들어가지 못하는 일이 생길 수도 있다.

이쯤 되면 더 이상 재판을 통해 호소해도 안 되고 그냥 한국으로 돌아가야 한다고 생각해야 한다. 이러한 사례는 너무나 많다. 중국 진출을 계획중인 기업인들이 잘 생각해 봐야할 대목이다.

한국인이 볼 땐 '만만디', 중국인이 볼 땐 '신중하게'

중국인이 한국인을 이해하지 못하는 부분이 몇 가지 있다.

음식점에서 음식 시켜놓고 '빨리빨리' 달라고 하는 것과 일을 아침에 시키고 오전 중에 끝내라고 하는 것 등이다. 한국인은 말끝마다 '빨리빨리'다.

그런 반면에 중국인은 생각을 이것, 저것 하느라 좀 천천히 한다. 빨리 끝낸다고 해서 좋은 일이 별로 없다. 사회주의 국가에서는 일이 마무리되면 또 다른 일을 해야하니까 말이다. 그러나 중국인은 자기 자신의 일에 대해서는 성격이 급하다. 절대로 '만만디' 하지 않다.

지역 감정을 운운하는 것은 아니지만, 한국 사람들 중에서도 충청도 사람들이 말이 느려서 그런지 대부분의 사람들의 얘기가 느려터진다고들 한다. 그러나 아니다. 잘 생각해 보자. 충청도 사람들이 성격이 얼마나 급한지.

우리나라의 역사를 보면 열사, 의사들이 대부분 충청도 출신 사람들이 많다. 유관순 열사, 안중근 의사, 이순신 장군, 교통사고도 충청도가 단연 선두그룹이다. 말이 느린 것이지 행동이 느린 것은 결코 아니다.

아마도 미국, 중국에서 사업에 성공하는 사람들 중에 충청도의 성격을 가진 사람이 매우 유리할 것 같다.

식사 도중에 충청도 사람이 왔다고 해보자. 식사하고 있는 인원 중에 한 사람이 "밥 먹었어?"하고 물어보면 "괜찮어"하고 대답한다. 이 뜻이 밥을 먹었다는 뜻인지, 밥을 안 먹었다는 뜻인지, 아니면 밥 먹겠다는 뜻인지 본인만이 알 것이다. 참으로 '만만디' 다. 그 뜻을 쉽게 단정할 일이 아니다.

이러한 방법(사소한 것 하나라도 꼼꼼하게 확인하고, 쉽게 결정하지 않는 것)으로 중국에서 사업을 한다면 실패할 확률이 적다.

되는 것도 없고, 안 되는 것도 없는 나라에서 적응하는 방법을 잘 배워야 한다.

모든 것은 내 탓이오

오른 손을 네 탓이라고 하면서 상대편을 가리켜 봐라. 엄지손가락은 하늘로, 검지는 상대편, 나머지 세 손가락은 나를 가리킨다. 모든 것은 내 탓이지, 네 탓은 일부분일 뿐이다.

사업의 성공도, 사업의 실패도, 주체인 내 탓이지 절대로 상대편, 중국인 탓이 아니다. 도둑질하는 사람보다 잃어버리는 사람이 더 나쁘다고들 한다.

좀 더 세밀하게 계약관계를 살펴보고, 전문 변호사, 해당 기관 등을 이용하여 사전에 판단해야 한다. '한국식으로 상대편이 알아서 잘 해주겠지'라는 생각은 너무나 위험한 비즈니스 방법이다. '술은 술', '평이요는 평이요', '사업은 사업'이라는 생각을 절대 잊지 말자.

앞서 설명했지만 법률에 의한 재판 등의 소송을 생각했을 때는 이미 늦었다고 판단하면 된다. 절대 해결할 방법이 없다. 그들과 조정하고 협상하는 것이 최선의 방법이다. 모두가 내 탓이니까.

중국에 관심을 갖는 사람들을 위하여

첫째, 친구 따라 강남 가는 식으로 '아는 사람 끈만을 통하지 말라.' 그리고 제발 서두르지 말고, 투자지역, 투자 방식 등을 철저히 준비해라.

둘째, 중국의 세금관계, 법령들을 제대로 지켜라.

셋째, 계약서는 철저히 번역하여 검토하고 중국어, 한국어를 동시에 만들어 계약서에 서명해라.

넷째, 법원에 소송할 생각을 할 때는 이미 때가 늦은 것이다. '꽌시'를 동원하여 문제를 해결해라.

다섯째, 수출할 때 한국식으로 거래하지 말고 공과 사를 명확히 구분하여 50% 정도의 선수금을 받지 않았다면 배에서 하선하지 마라.

여섯째, 중국식 '꽌시'를 본받아 인간관계를 맺고 꾸준히 유지해라.

마지막으로 술과 여자, 특히 재중동포의 통역을 한국식으로 마음대로 해석하지 마라.

사업가든, 주재원이든, 학생이든 이것을 잘 지키면 결코 멀지만은 않은 '가까운 중국'이 될 것이다.

부록

천자문과 간체자

天	地	玄	黃	天	地	玄	黄
하늘	땅	검을	누를	tiān	dì	xuán	huáng
천	지	현	황	티엔	띠	쉬엔	후앙

하늘은 고요하고 아득히 멀어 검게 보이고 땅은 그 빛이 누르다.

宇	宙	洪	荒	宇	宙	洪	荒
집	집	넓을	거칠	yǔ	zhòu	hóng	huāng
우	주	홍	황	위	죠우	홍	후앙

하늘과 땅 사이는 한없이 넓고 거칠어 끝이 없다.

日	月	盈	昃	日	月	盈	昃
날	달	찰	기울	rì	yuè	yíng	zè
일	월	영	측	르	위에	잉	쯔어

해는 서쪽으로 기울고 달은 이지러지다가 다시 찬다.

辰	宿	列	張	辰	宿	列	张
별,날	잘	벌일	베풀	chén	sù	liè	zhāng
진,신	숙	렬(열)	장	천	쑤	리에	쟝

별들도 제자리가 있어 하늘에 넓게 벌려져있다.

寒	來	暑	往	寒	来	暑	往
찰	올	더울	갈	hán	lái	shǔ	wǎng
한	래	서	왕	한	라이	수	왕

추위가 오면 더위는 물러간다. 즉 사철의 바뀜을 말한다.

秋	收	冬	藏	秋	收	冬	藏
가을	거둘	겨울	감출	qiū	shōu	dōng	cáng
추	수	동	장	치우	쇼우	똥	창

가을에는 곡식을 거두어들이고 겨울에는 갈무리한다.

閏	餘	成	歲	闰	余	成	岁
윤달	남을	이룰	해	rùn	yú	chéng	suì
윤	여	성	세	룬	위	청	쒜이

윤달의 남은 것으로 한 해를 이룬다.

律	呂	調	陽	律	吕	调	阳
법률	음률	고를	볕	lǜ	lǚ	tiáo	yáng
률(율)	려	조	양	뤼	뤼	탸오	이앙

률(율)과 여는 천지간의 음과 양을 고르게 한다.

雲	騰	致	雨	云	騰	致	雨
구름	오를	이룰	비	yún	téng	zhì	yǔ
운	등	치	우	윈	텅	쯔	위

수증기가 증발하여 구름이 두터워지면 비를 내리게 한다.

露	結	爲	霜	露	结	为	霜
이슬	맺을	할	서리	lù	jiē	wèi	shuāng
로(노)	결	위	상	루	지예	웨이	수앙

이슬이 맺혀 공기 중의 찬 기운에 닿으면 서리가 된다.

金	生	麗	水	金	生	丽	水
쇠,성	날	고울	물	jīn	shēng	lì	shuǐ
금,김	생	려	수	찐	셩	리	쉐이

금은 여수에서 많이 났다.

玉	出	崑	岡	玉	出	昆	冈
구슬	날	메	메	yù	chū	kūn	gāng
옥	출	곤	강	위	추	쿤	깡

옥돌은 중국 곤강이란 산에서 많이 캐어냈다.

劍	號	巨	闕	剑	号	巨	阙
칼	이름	클	집	jiàn	hào	jù	què
검	호	거	궐	찌엔	하오	쮜	취에

칼은 구야자가 만든 거궐 보검이 으뜸이다.

珠	稱	夜	光	珠	称	夜	光
구슬	일컬을	밤	빛	zhū	chēng	yè	guāng
주	칭	야	광	쥬	청	이에	꾸앙

옥구슬은 야광이라 하여 밤에도 빛을 뿜어 낮과 같이 밝았다고 함.

果	珍	李	奈	果	珍	李	奈
과실	보배	오얏	벗	guǒ	zhēn	lǐ	nài
과	진	리	내	궈	전	리	나이

열매 과일로는 오얏과 능금을 가장 보배로운 것으로 친다.

菜	重	芥	薑	菜	重	芥	姜
나물	무거울	겨자	생강	cài	zhòng	jiè	jiāng
채	중	개	강	차이	종	지에	지앙

야채 중에서 겨자와 생강이 큰 몫을 한다.

海	鹹	河	淡	海	咸	河	淡
바다	짤	물	맑을	hǎi	xián	hé	dàn
해	함	하	담	하이	씨엔	흐어	딴

바닷물은 소금기가 있어 짜고 강물은 맛이 싱겁고 맑다.

鱗	潛	羽	翔	鳞	潜	羽	翔
비늘	잠길	깃	날	lín	qián	yǔ	xiáng
린(인)	잠	우	상	린	치엔	위	씨앙

비늘 있는 물고기는 물 속에 잠겨 살고 날개 있는 새들은 하늘을 날며 산다.

龍	師	火	帝	龙	师	火	帝
용	스승	불	임금	lóng	shī	huǒ	dì
룡(용)	사	화	제	롱	스	훠	띠

복희씨는 용(龍)자로 벼슬 이름을 붙였으며, 신농씨는 화(火)자로 벼슬 이름을 붙였다.

鳥	官	人	皇	鸟	官	人	皇
새	벼슬	사람	임금	niǎo	guān	rén	huáng
조	관	인	황	냐오	꾸안	런	후앙

소호씨 때는 봉황이 나타났다 해서 조(鳥)자로 벼슬 이름을 적었으며, 황제 때는 인문(문명)이 갖추어졌으므로 인(人)자로 벼슬 이름을 적었다.

始	制	文	字	始	制	文	字
비로소	지을	글월	글자	shǐ	zhì	wén	zì
시	제	문	자	스	즈	원	즈

복희씨는 창힐(蒼詰)을 시켜 처음으로 글자를 만들었다.

乃	服	衣	裳	乃	服	衣	裳
이에	옷	옷	치마	nǎi	fú	yī	sháng
내	복	의	상	나이	푸	이	쌍

황제 때에 호조라는 사람이 처음으로 옷을 만들어 입도록 하였다.

推	位	讓	國	推	位	让	国
밀	자리	사양할	나라	tuī	wèi	ràng	guó
추	위	양	국	퉤이	웨이	랑	궈

천자(황제)의 자리와 나라를 다른 사람에게 양보(미룸)하였다.

有	虞	陶	唐	有	虞	陶	唐
있을	나라이름	질그릇	당나라	yǒu	yú	táo	táng
유	우	도	당	여우	위	타오	탕

요·순 임금이 차례로 덕이 있는 자에게 나라를 물려준 고사.

弔 民 伐 罪	吊 民 伐 罪
조상할　백성　　칠　　허물	diào　mín　fá　zuì
조　　민　　벌　　죄	따오　민　파　쮀이

백성을 구출하여 위로하고 죄 지은 임금을 벌하였다는 중국의 고사.

周 發 殷 湯	周 发 殷 汤
두루　필　은나라　끓일	zhōu　fā　yīn　tāng
주　　발　　은　　탕	죠우　파　인　탕

은의 주왕을 주의 무왕이, 하의 걸왕을 은의 탕왕이 몰아냈다.

坐 朝 問 道	坐 朝 问 道
앉을　아침　물을　길	zuò　cháo　wèn　dào
좌　　조　　문　　도	쭈어　차오　원　따오

조정에 앉아 백성들을 다스릴 올바른 길을 물었다.

垂 拱 平 章	垂 拱 平 章
드리울　팔짱낄　평할　글	chuí　gǒng　píng　zhāng
수　　공　　평　　장	쮀이　꽁　평　wid

임금이 몸을 공손히 하고 밝고 바르게 백성을 다스렸다.

愛	育	黎	首	愛	育	黎	首
사랑	기를	검을	머리	ài	yù	lí	shǒu
애	육	려	수	아이	위	리	쇼우

임금은 모든 백성을 사랑하고 돌보아야 된다.

臣	伏	戎	羌	臣	伏	戎	羌
신하	엎드릴	오랑캐	오랑캐	chén	fú	róng	qiāng
신	복	융	강	천	푸	롱	치앙

덕으로 다스리면 예의를 모르는 오랑캐들도 신하가 되어 복종한다.

遐	邇	壹	體	遐	迩	壹	体
멀	가까울	하나	몸	xiá	ěr	yī	tǐ
하	이	일	체	씨아	알	이	티

멀고 가까운 나라들이 왕의 덕에 감화되어 한 덩어리가 된다.

率	賓	歸	王	率	宾	归	王
거느릴	손님	돌아갈	임금	shuài	bīn	guī	wáng
솔	빈	귀	왕	쇠이	빈	꿰이	왕

왕의 덕에 감화되면 서로 이끌고 복종하여 왕의 백성으로 돌아온다.

鳴	鳳	在	樹	鸣	凤	在	树
울	새	있을	나무	míng	fèng	zài	shù
명	봉	재	수	밍	펑	짜이	수

훌륭한 임금과 성인이 나타나면 나무 위에서 봉황이 울어 좋은 징조를 나타낸다.

白	駒	食	場	白	驹	食	场
흰	망아지	밥	마당	bái	jū	shí	cháng
백	구	식	장	바이	쥐	스	챵

임금의 감화는 짐승에게까지 미쳐 흰 망아지도 즐겁게 마당에서 풀을 뜯는다.

化	被	草	木	化	被	草	木
화할	입을	풀	나무	huà	bèi	cǎo	mù
화	피	초	목	화	뻬이	차오	무

왕의 감화는 표정이 없는 풀과 나무에까지도 미친다.

賴	及	萬	方	赖	及	万	方
힘입을	미칠	일만	모	lài	jí	wàn	fāng
뢰(뇌)	급	만	방	라이	지	완	팡

왕의 감화로 본국은 물론 국가의 이익이나 백성의 행복은 다른 나라에까지도 미친다.

蓋	此	身	髮	盖	此	身	发
덮을	이것	몸	터럭	gài	cǐ	shēn	fà
개	차	신	발	까이	츠	션	파

대개 사람의 몸과 털은 부모에게서 받은 중요한 것이다.

四	大	五	常	四	大	五	常
넉	큰	다섯	떳떳할	sì	dà	wǔ	cháng
사	대	오	상	쓰	따	우	챵

네 가지 크고 중요한 것과 다섯 가지 떳떳한 것.

恭	惟	鞠	養	恭	惟	鞠	养
공손할	오직	기르다	기를	gōng	wéi	jū	yǎng
공	유	국	양	꽁	웨이	쥐	이앙

부모님이 길러 주신 은혜를 공손히 생각하라는 것.

豈	敢	毀	傷	岂	敢	毁	伤
어찌	감히	헐	상할	qǐ	gǎn	huǐ	shāng
기	감	훼	상	치	간	훼이	샹

어찌 감히 낳아준 이 몸을 더럽히거나 상하게 할 수 있으리오.

女	慕	貞	烈	女	慕	贞	烈
계집	사모할	곧을	매울	nǔ	mù	zhēn	liè
녀(여)	모	정	렬	뉘	무	젼	리에

여자는 정조를 굳게 지키고 행실을 단정히 해야 한다.

男	效	才	良	男	效	才	良
사내	본받을	재주	어질	nán	xiào	cái	liáng
남	효	재	량	난	씨아오	차이	리앙

남자는 재능을 닦고 어진 것을 본받아야 한다.

知	過	必	改	知	过	必	改
알	지날	반드시	고칠	zhī	guò	bì	gǎi
지	과	필	개	즈	꿔	삐	가이

허물을 깨달으면 반드시 고쳐야 한다.

得	能	莫	忘	得	能	莫	忘
얻을	능할	아닐	잊을	dé	néng	mò	wàng
득	능	막	망	드어	넝	모어	왕

사람이 자기의 능력을 알거든 잊지 말고 노력하라는 말.

罔	談	彼	短	罔	谈	彼	短
없을	말씀	저편	짧을	wǎng	tán	bǐ	duǎn
망	담	피	단	왕	탄	비	두안

남의 단점을 알고 있더라도 결코 말하지 말라.

靡	恃	己	長	靡	侍	己	长
쓰러질	믿을	몸	긴	mǐ	shì	jǐ	cháng
미	시	기	장	미	스	지	챵

자기의 장점(좋은 점)을 믿지 말고 교만하지 말라.

信	使	可	覆	信	使	可	覆
믿을	부릴	옳을	거듭	xìn	shǐ	kě	fù
신	사	가	복	씬	스	크어	푸

믿음이 움직일 수 없는 진실한 도리라는 것을 알면 마땅히 되풀이하여 행하라.

器	欲	難	量	器	欲	难	量
그릇	탐낼	어려울	헤아릴	qì	yù	nán	liáng
기	욕	난	량	치	위	난	량

인간의 기량(덕과 재능)은 깊고 깊어 헤아리기 어렵다.

墨	悲	絲	染	墨	悲	丝	染
먹	슬픔	실	물들일	mò	bēi	sī	rǎn
묵	비	사	염	모어	뻬이	쓰	란

흰 실에 검은 물감을 들이면 다시는 희게 되지 못함을 슬퍼한다.

詩	讚	羔	羊	诗	赞	羔	羊
귀글	기릴	염소	양	shī	zàn	gāo	yáng
시	찬	고	양	스	짠	까오	이앙

<<시경>> 고양편에 주나라 문왕의 덕이 소남국(召南國)에까지 미친 일을 칭찬한 말.

景	行	維	賢	景	行	维	贤
볕	갈	오직	어질	jǐng	xíng	wéi	xián
경	행	유	현	징	씽	웨이	씨엔

행동을 빛나게 하는 사람은 어진 사람이 될 수 있다.

剋	念	作	聖	克	念	作	圣
이길	생각할	지을	성인	kè	niàn	zuò	shèng
극	념	작	성	크어	니엔	쭈어	셩

힘써 마음 속의 욕심이나 사심을 버리고 수양을 쌓으면 성인이 된다.

德	建	名	立	德	建	名	立
큰	세울	이름	설	dé	jiàn	míng	lì
덕	건	명	립	드어	지엔	밍	리

덕으로서 선행을 하여 일을 이루면 그 이름 또한 아름답게 나타난다.

形	端	表	正	形	端	表	正
형상	끝	겉	바를	xíng	duān	biǎo	zhèng
형	단	표	정	싱	뚜안	뱌오	쩡

모습이 단정하고 깨끗하면 정직함이 겉에 저절로 나타난다.

空	谷	傳	聲	空	谷	传	声
빌	골	전할	소리	kōng	gǔ	chuán	shēng
공	곡	전	성	콩	구	추안	셩

성인과 현인의 말은 마치 빈 골짜기에 소리가 전해지듯이 멀리 퍼져나간다.

虛	堂	習	聽	虛	堂	习	听
빌	집	익힐	들을	xū	táng	xí	tīng
허	당	습	청	쉬	탕	씨	팅

빈집에서의 소리가 잘 들리듯이 착한 말은 먼 곳까지 울린다.

禍	因	惡	積	祸	因	恶	积
재화	인할	악할	쌓을	huò	yīn	è	ji
화	인	악	적	휘	인	으어	지

재앙은 악한 일을 거듭함으로 인하여 생겨난다.

福	緣	善	慶	福	缘	善	庆
복	인연	착할	경사	fú	yuán	shàn	qìng
복	연	선	경	푸	위안	샨	칭

복은 착하고 경사스러운 일로 인해서 생긴다.

尺	璧	非	寶	尺	璧	非	宝
자	구슬	아닐	보배	chǐ	bì	fēi	bǎo
척	벽	비	보	츠	삐	페이	바오

한 자나 되는 구슬은 아주 귀할지는 모르나 결코 진정한 보배는 아니다.

寸	陰	是	競	寸	阴	是	竟
마디	그늘	이	다툴	cùn	yīn	shì	jìng
촌	음	시	경	촌	인	스	찡

짧은 시간은 서로가 다투듯이 귀중하다.

資	父	事	君	資	父	事	君
도울	아비	섬길	임금	zī	fù	shì	jūn
자	부	사	군	쯔	푸	스	쮠

아버지를 섬기는 효도의 도리로 임금을 섬겨야 한다.

日	嚴	與	敬	日	严	与	敬
가로	엄할	더불	공경할	yuē	yán	yǔ	jìng
왈	엄	여	경	위에	이엔	위	찡

그것은 엄숙히 하고 더불어 공경하는 것뿐이다.

孝	當	竭	力	孝	当	竭	力
효도	마땅할	다할	힘	xiào	dāng	jié	lì
효	당	갈	력	씨아오	땅	지에	리

효도는 마땅히 부모가 살아 계실 때 힘을 다하여 섬겨야 한다.

忠	則	盡	命	忠	则	尽	命
충성	곧	다할	목숨	zhōng	zé	jìn	mìng
충	즉	진	명	쫑	즈어	찐	밍

충성은 자기 목숨이 다할 때까지 힘써 해야 한다.

臨	深	履	薄	临	深	履	薄
임할	깊을	밟을	엷을	lín	shēn	lǚ	báo
림(임)	심	리	박	린	션	뤼	바오

깊은 곳에 임하듯 엷은 곳을 밟듯 조심해서 행하여야 한다.

夙	興	溫	淸	夙	兴	溫	凊
이를	일어날	따뜻할	서늘할	sù	xīng	wēn	qíng
숙	흥	온	청	쑤	씽	원	칭

일찍 일어나서 부모님이 계시는 곳이 추우면 따뜻하게 해드리고 더우면 서늘하게 해드리라는 말.

似	蘭	斯	馨	似	兰	斯	馨
같을	난초	이	향기로울	sì	lán	sī	xīn
사	란	사	형	쓰	란	쓰	씬

난초와 같이 멀리까지 향기가 난다. 즉 군자의 지조를 비유한 말이다.

如	松	之	盛	如	松	之	盛
같을	솔	갈	성할	rú	sōng	zhī	shèng
여	송	지	성	루	쏭	즈	셩

존경받는 군자의 지조가 마치 소나무같이 변치 않고 꾸준히 싱싱함을 말한다.

川	流	不	息	川	流	不	息
내	흐를	아니	쉴	chuān	liú	bù	xī
천	류	불	식	추안	리우	뿌	시

냇물은 흘러흘러 쉬지 않는다. 군자의 행지를 말하는 것이다.

淵	澄	取	暎	渊	澄	取	映
못	맑을	취할	비칠	yuān	chéng	qǔ	yìng
연	징	취	영	위안	청	취	잉

연못물은 맑아서 속까지 비쳐 보인다는 말. 군자의 마음을 말한 것이다.

容	止	若	思	容	止	若	思
얼굴	그칠	같을	생각	róng	zhǐ	ruò	sī
용	지	약	사	롱	즈	뤄	쓰

앉으나 서나 나가거나 물러가거나 언제나 자기의 과실(허물)이 있었나 없었나를 생각하라.

言	辭	安	定	言	辞	安	定
말씀	말씀	편안	정할	yán	cí	ān	dìng
언	사	안	정	이엔	츠	안	띵

말하는 것은 언제나 안정되어야 한다. 쓸데없는 말을 삼가야 한다.

篤	初	誠	美	笃	初	诚	美
도타울	처음	정성	아름다울	dǔ	chū	chéng	měi
독	초	성	미	두	추	청	메이

처음을 독실하게 하는 것은 진실로 아름다운 일이다.

愼	終	宜	令	慎	终	宜	令
삼갈	끝	마땅할	하여금	shèn	zhōng	yí	lìng
신	종	의	령	션	종	이	링

끝맺음을 온전히 하도록 삼가는 것이 마땅하다. 유종의 미를 말하는 것이다.

榮	業	所	基	荣	业	所	基
영화	업	바	터	róng	yè	suǒ	jī
영	업	소	기	롱	이에	쑤어	지

벼슬아치가 되어 바른 행실을 함은 출세의 바탕이 된다.

籍	甚	無	竟	籍	甚	无	竟
문서	심할	없을	마침내	jí	shèn	wú	jìng
적	심	무	경	지	션	우	찡

위와 같이 하면 명성(세상에 널리 떨친 이름)은 끝없이 빛날 것이다.

學	優	登	仕	学	优	登	仕
배울	넉넉할	오를	벼슬	xué	yōu	dēng	shì
학	우	등	사	쉬에	여우	떵	스

학문이 우수하면 벼슬에 오른다.

攝	職	從	政	摄	职	从	政
잡을	일	좇을	정사	shè	zhí	cóng	zhèng
섭	직	종	정	셔	즈	총	정

벼슬을 잡으면 생각대로 정사를 다스릴 수가 있다.

存	以	甘	棠	存	以	甘	棠
있을	써	달	아가위	cún	yǐ	gān	táng
존	이	감	당	촌	이	깐	탕

주나라 소공(召公)이 감당나무 밑에서 정사를 살펴 그 덕을 만민이 입었다는 고사.

去	而	益	詠	去	而	益	咏
갈	어조사	더할	읊을	qù	ér	yì	yǒng
거	이	익	영	취	알	이	용

소공이 죽은 후 백성들이 감당편에 노래를 남겨 그 덕을 잊지 않았다.

樂	殊	貴	賤	乐	殊	贵	贱
풍류,즐길	다를	귀할	천할	yuè	shū	guì	jiàn
악,락	수	귀	천	위에	수	꿰이	찌엔

풍류(멋스럽게 노는 일)는 사람의 귀하고 천함에 따라 각각 다르게 했다.

禮	別	尊	卑	礼	別	尊	卑
예도	분별할	높을	낮을	lǐ	bié	zūn	bēi
례(예)	별	존	비	리	비에	쫀	베이

예도(예절)는 사람의 높고 낮음에 따라 구별하여 질서를 바르게 하였다.

上	和	下	睦	上	和	下	睦
위	화할	아래	화목할	shàng	hé	xià	mù
상	화	하	목	샹	흐어	씨아	무

윗사람이 인자하고 온화하게 이끌어 가면 아랫사람은 공경하고 화목하게 된다.

夫	唱	婦	隨	夫	唱	妇	随
지아비	부를	아내	따를	fū	chàng	fù	suí
부	창	부	수	푸	챵	푸	쒜이

남편이 어떤 일을 제의하면 아내는 남편을 따르되 결코 앞에 먼저 나서지 않는다.

外	受	傅	訓	外	受	傅	训
바깥	받을	스승	가르칠	wài	shòu	fù	xùn
외	수	부	훈	와이	쇼우	푸	쒼

사람이 밖에 나가서는 스승의 가르침을 받아 잘 지켜야 한다.

入	奉	母	儀	入	奉	母	仪
들	받들	어미	거동	rù	fèng	mǔ	yí
입	봉	모	의	루	펑	무	이

사람이 안에 들어와서는 어머니의 행동을 본받고 그 가르침을 잘 지켜야 한다.

諸	姑	伯	叔	诸	姑	伯	叔
모두	고모	맏	아저씨	zhū	gū	bó	shū
제	고	백	숙	주	꾸	부어	수

여러 고모와 백부, 숙부는 아버지의 형제 자매이니 친척이다.

猶	子	比	兒	犹	子	比	儿
같을	아들	견줄	아이	yóu	zǐ	bǐ	ér
유	자	비	아	여우	즈	비	알

조카들도 자식과 같이 견줄 수 있으니 한가지로 여겨야 한다.

孔	懷	兄	弟	孔	怀	兄	弟
매우	생각할	맏	아우	kǒng	huái	xiōng	dì
공	회	형	제	콩	화이	씨옹	띠

형제는 서로 사랑하고 도우며 의좋게 지내야 한다.

同	氣	連	枝	同	气	连	枝
한가지	기운	연할	가지	tóng	qì	lián	zhī
동	기	련(연)	지	통	치	리엔	즈

형제는 부모의 기운을 같이 타고났으니 나무에 비하면 나뉘어 이어져 자란 가지와 같다.

交	友	投	分	交	友	投	分
사귈	벗	던질	나눌	jiāo	yǒu	tóu	fēn
교	우	투	분	지아오	여우	토우	펀

벗을 사귀는 데는 분수를 다해서 의기를 투합하여야 한다.

切	磨	箴	規	切	磨	箴	规
새길	갈	경계할	법	qiè	mó	zhēn	guī
절	마	잠	규	치에	모어	전	꿰이

학문과 덕행을 갈고 닦아 서로 장래를 경계하고 바르게 인도해야 한다.

仁	慈	隱	惻	仁	慈	隐	恻
어질	인자할	숨을	불쌍히 여길	rén	cí	yǐn	cè
인	자	은	측	런	츠	인	츠어

어질고 자애로운 마음으로 측은하게 여긴다는 말.

造	次	弗	離	造	次	弗	离
잠깐	버금	아닐	떠날	zào	cì	fú	lí
조	차	불	리	짜오	츠	푸	리

잠시 동안이라도 흐트러져서는 안 된다는 말.

節	義	廉	退	节	义	廉	退
절개	옳을	청렴할	물러갈	jié	yì	lián	tuì
절	의	렴(염)	퇴	지에	이	리엔	퉤이

절개와 의리, 청렴, 사양함은 군자가 조심하여야 할 일이다.

顚	沛	匪	虧	颠	沛	匪	亏
엎어질	자빠질	아닐	이지러질	diān	pèi	fěi	kuī
전	패	비	휴	띠엔	페이	페이	퀘이

이 군자의 도는 엎어지고 자빠져도 이지러지지 아니한다.

性	靜	情	逸	性	静	情	逸
성품	고요할	뜻	편안할	xìng	jìng	qíng	yì
성	정	정	일	씽	찡	칭	이

성품이 고요하면 마음이 편안하다.

心	動	神	疲	心	动	神	疲
마음	움직일	정신	피곤할	xīn	dòng	shén	pí
심	동	신	피	씬	똥	션	피

마음이 움직이면 정신이 피로해진다.

守	眞	志	滿	守	真	志	满
지킬	참	뜻	가득할	shǒu	zhēn	zhì	mǎn
수	진	지	만	쇼우	젼	즈	만

사람이 본래의 참된 마음을 지키면 뜻이 가득해져서 풍부하게 된다.

逐	物	意	移	逐	物	意	移
쫓을	재물	뜻	옮길	zhú	wù	yì	yí
축	물	의	이	주	우	이	이

물건을 탐하는 욕심으로 따르면 마음도 착하지 못한 쪽으로 변해간다.

堅	持	雅	操	坚	持	雅	操
굳을	가질	아담할	지조	jiān	chí	yǎ	cāo
견	지	아	조	찌엔	츠	이아	차오

지조를 굳게 지키는 덕 있는 사람은 남이 그를 존경하게 되며, 따라서 임금도 그를 믿게 된다는 뜻.

好	爵	自	縻	好	爵	自	縻
좋을	벼슬	스스로	얽어맬	hǎo	jué	zì	mí
호	작	자	미	하오	쥐에	쯔	미

위와 같이 하면 좋은 벼슬이 스스로 내 몸에 얽혀 들어온다.

都	邑	華	夏	都	邑	华	夏
도읍	고을	나라이름	나라	dū	yì	huá	xià
도	읍	화	하	뚜	이	화	씨아

왕성의 도읍을 화하(華夏)에 정하게 된다.

東	西	二	京	东	西	二	京
동녘	서녘	둘	서울	dōng	xī	èr	jīng
동	서	이	경	똥	씨	알	찡

동쪽과 서쪽에 두 서울이 있어 화하의 도읍이 된다.

背	邙	面	洛	背	邙	面	洛
등	북망산	향할	낙수	bèi	máng	miàn	luò
배	망	면	락	뻬이	망	미엔	루어

동경인 낙양은 북망산을 등지고 앞으로는 낙수를 바라보는 곳이다.

浮	渭	據	經	浮	渭	据	泾
뜰	물이름	의지할	물이름	fú	wèi	jù	jīng
부	위	거	경	푸	웨이	쮜	찡

서경인 장안은 위수가에 있으며 경수를 의지하고 있다.

宮	殿	盤	鬱	宮	殿	盘	郁
궁궐	대궐	서릴	울창할	gōng	diàn	pán	yù
궁	전	반	울	꽁	띠엔	판	위

궁과 전은 울창한 나무 사이에 빈틈 없이 세워져있다.

樓	觀	飛	驚	楼	观	飞	惊
다락	대궐	날	놀랄	lóu	guān	fēi	jīng
루(누)	관	비	경	로우	꾸안	페이	찡

누와 관은 하늘은 날듯 놀랍게 솟아있다.

圖	寫	禽	獸	图	写	禽	兽
그림	베낄	새	짐승	tú	xiě	qín	shòu
도	사	금	수	투	씨에	친	쇼우

궁전 내부의 벽에는 새와 짐승의 그림이 그려져 있다.

畫	彩	仙	靈	画	彩	仙	灵
그림	채색	신선	신령	huà	cǎi	xiān	líng
화	채	선	령	화	차이	씨엔	링

신선과 신령들의 모습도 화려하게 채색하여 그렸다.

丙	舍	傍	啓	丙	舍	傍	启
남녘	집	곁	열	bǐng	shè	bàng	qǐ
병	사	방	계	빙	셔	빵	치

신하들이 쉬는 병사의 문은 정전(正殿) 옆에 열려있다.

甲	帳	對	楹	甲	帐	对	楹
갑옷	휘장	마주볼	기둥	jiǎ	zhàng	duì	yíng
갑	장	대	영	지아	쟝	뛔이	잉

아름다운 휘장은 큰 기둥을 마주보며 둘러있다.

肆	筵	設	席	肆	筵	设	席
벌여놓을	대자리	베풀	자리	sì	yán	shuì	xí
사	연	설	석	쓰	이엔	셔	씨

그리고 대자리를 벌여 놓고 연회하는 좌석을 만들었다.

鼓	瑟	吹	笙	鼓	瑟	吹	笙
북	비파	불	생황	gǔ	sè	chuī	shēng
고	슬	취	생	구	쓰어	췌이	셩

북을 치고 비파를 뜯어가며 생황을 부니 잔치하는 풍류이다.

陞	階	納	陛	升	阶	纳	陛
오를	층계	들일	섬돌	shēng	jiē	nà	bì
승	계	납	폐	셩	지에	나	삐

문무 백관이 층계에 올라 섬돌에서 근신(近臣)에게 배알(천자에게 뵈임)을 들이는 절차를 말함.

弁	轉	疑	星	弁	转	疑	星
고깔	구를	의심할	별	biàn	zhuǎn	yí	xīng
변	전	의	성	삐엔	주안	이	씽

백관이 쓴 관의 구슬이 움직이는 모습이 현란하여 별이 반짝이는 것처럼 의심스럽다.

右	通	廣	內	右	通	广	内
오른	통할	넓을	안	yòu	tōng	guǎng	nèi
우	통	광	내	여우	통	구앙	네이

오른쪽은 비서들이 사무를 보는 광내전으로 통하고 있다.

左	達	承	明	左	达	承	明
왼	통달할	이을	밝을	zuǒ	dá	chéng	míng
좌	달	승	명	주어	따	청	밍

왼쪽은 수직(守直)하는 승명려에 닿도록 되어있다. 승명(丞明)은 사기를 교열하는 곳이다.

旣	集	墳	典	既	集	坟	典
이미	모을	책이름	법	jì	jí	fén	diǎn
기	집	분	전	지	지	펀	디엔

이미 여기에는 삼분과 오전의 옛 서적을 모아놓았으며,

亦	聚	群	英	亦	聚	群	英
또	모을	무리	뛰어날	yì	jù	qún	yīng
역	취	군	영	이	쥐	췬	잉

또한 여러 뛰어난 분들을 모아 분전을 강론하였다.

杜	藁	鍾	隸	杜	槁	钟	隶
막을	원고	쇠북	글씨	dù	gǎo	zhōng	lì
두	고	종	례	뚜	까오	쫑	리

명필인 두백도(杜伯度)의 초서와 종요(鐘繇)의 예서도 비치해두었다.

漆	書	壁	經	漆	书	壁	经
옻칠할	글	벽	경서	qī	shū	bì	jīng
칠	서	벽	경	치	수	비	찡

글로는 과두의 글과 공자의 옛집에서 나온 경서가 있다.

府	羅	將	相	府	罗	将	相
마을	벌일	장수	정승	fǔ	luó	jiàng	xiāng
부	라	장	상	푸	루어	찌앙	씨앙

관청에는 조회 때면 언제나 장수와 재상들이 벌여 늘어서 있다.

路	俠	槐	卿	路	侠	槐	卿
길	낄	회나무	벼슬	lù	xiá	huái	qīng
로(노)	협	괴	경	루	씨아	화이	칭

큰 행길은 공경 대부들의 저택을 끼고 있다.

戶	封	八	縣	户	封	八	县
집	봉할	여덟	고을	hù	fēng	bā	xiàn
호	봉	팔	현	후	펑	빠	씨엔

천자의 친척이나 공신에게는 호·현을 봉하여 살게 하였다.

家	給	千	兵	家	给	千	兵
집	줄	일천	군사	jiā	gěi/jǐ	qiān	bīng
가	급	천	병	지아	게이/지	치엔	빙

친척이나 공신에게는 또 천 명의 병사를 주어 지키게 하였다.

高	冠	陪	輦	高	冠	陪	輦
높을	갓	모실	수레	gāo	guān	péi	niǎn
고	관	배	련	까오	꾸안	페이	니엔

높은 벼슬아치의 관을 쓰고 천자의 수레를 배종(모시고 따라감)케 하였다.

驅	轂	振	纓	驱	毂	振	缨
몰	속바퀴	떨칠	갓끈	qū	gǔ	zhén	yīng
구	곡	진	영	취	구	전	잉

수레를 빨리 몰게 하니 관의 끈이 크게 흔들리는 모습도 화려하였다.

世	祿	侈	富	世	祿	侈	富
대대로	녹봉	사치할	부자	shì	lù	chǐ	fù
세	록	치	부	스	루	츠	푸

대대로 내리는 녹봉은 사치스럽고도 많아 부귀를 누렸다.

車	駕	肥	輕	车	驾	肥	轻
수레	수레	살찔	가벼울	chē	jià	féi	qīng
거,차	가	비	경	쳐	지아	페이	칭

귀족들과 공신들의 말은 살찌고 수레는 가벼웠다.

策	功	茂	實	策	功	茂	实
꾀	공	성할	충실할	cè	gōng	mào	shí
책	공	무	실	츠어	꽁	마오	스

공신들의 공을 기록함이 성하고도 충실했다.

勒	碑	刻	銘	勒	碑	刻	铭
새길	비석	새길	기록할	lè	bēi	kè	míng
륵(늑)	비	각	명	르어	뻬이	크어	밍

공신들의 공적을 비석에 새기고 글을 지어 돌에 새겼다.

磻	溪	伊	尹	磻	溪	伊	尹
반계	시내	저	다스릴	pán	xī	yī	yǐn
반	**계**	**이**	**윤**	판	씨	이	인

문왕은 반계에서 강태공을 맞아들였고 탕왕은 신야에서 이윤을 맞아들였다.

佐	時	阿	衡	佐	时	阿	衡
도울	때	언덕	저울대	zuǒ	shí	ā	héng
좌	**시**	**아**	**형**	주어	스	아	헝

위급할 때 도와 공을 세워 아형의 벼슬에 올랐었다.

奄	宅	曲	阜	奄	宅	曲	阜
문득	집	굽을	둔덕	yān	zhái	qū	fù
엄	**택**	**곡**	**부**	이엔	쟈이	취	푸

주공의 공로에 보답코자 노나라 곡부에 큰 저택(집)을 지어주었다.

微	旦	孰	營	微	旦	孰	营
아닐	아침	누구	경영할	wēi	gàn	shú	yíng
미	**단**	**숙**	**영**	웨이	딴	수	잉

이것은 주공이 아니고는 누구도 이를 경영할 수 없다는 말.

桓	公	匡	合	桓	公	匡	合
씩씩할	벼슬이름	바를	모을	huán	gōng	kuāng	hé
환	공	광	합	환	꽁	쿠앙	흐어

환공이 천하를 바로잡아 제후를 모아 놓고 맹약을 지키도록 하였다.

濟	弱	扶	傾	济	弱	扶	倾
건널	약할	도울	기울어질	jì	ruò	fú	qīng
제	약	부	경	지	루어	푸	칭

약한 자는 구제하고 기울어가는 나라를 도와 일으켰다.

綺	回	漢	惠	绮	回	汉	惠
비단	회복할	한나라	은혜	qǐ	huí	hàn	huì
기	회	한	혜	치	호이	한	훼이

기리계는 한나라 2대 혜제의 태자 때의 자리를 회복시켜주었다.

說	感	武	丁	说	感	武	丁
기쁠,말씀	감동할	호반	장정	shuō	gǎn	wǔ	dīng
열,설	감	무	정	수어	간	우	띵

부열은 무정의 꿈에 나타나서 그를 감동시켰다.

俊	乂	密	勿	俊	乂	密	勿
준걸	어질	빽빽할	말	jùn	yì	mì	wù
준	예	밀	물	쮠	이	미	우

뛰어난 사람과 어진 사람이 조정에 빽빽이 모여들었다는 말.

多	士	寔	寧	多	士	寔	宁
많을	선비	참	편안할	duō	shì	shí	níng
다	사	식	녕	뚜어	스	스	닝

많은 인재들이 있어 나라는 진실로 편안하였다.

晋	楚	更	霸	晋	楚	更	霸
진나라	초나라	다시,고칠	으뜸	jìn	chǔ	gèng	bà
진	초	갱,경	패	찐	추	껑	바

진나라의 문공과 초나라의 장왕이 다시 패권을 잡았다.

趙	魏	困	橫	赵	魏	困	横
조나라	위나라	곤할	가로	zhào	wèi	kùn	héng
조	위	곤	횡	쟈오	웨이	콘	헝

조나라와 위나라는 장의의 연횡책을 따른 까닭에 진나라로부터 많은 곤란을 받았다.

假	途	滅	虢		假	途	灭	虢
빌	길	멸할	나라		jiǎ	tú	miè	guó
가	도	멸	괵		지아	투	미에	궈

길을 빌어 괵국을 멸망시키니 길을 빌려준 우국도 멸망하였다.

踐	土	會	盟		践	土	会	盟
밟을	흙	모을	맹세		jiàn	tǔ	huì	méng
천	토	회	맹		찌엔	투	훼이	멍

진나라의 문공이 천토에서 제후들을 모아 서로 맹세하게 했다.

何	遵	約	法		何	遵	约	法
어찌	지킬	약속	법		hé	zūn	yuē	fǎ
하	준	약	법		흐어	쭌	위에	파

소하는 한나라 고조와 더불어 약법 3장을 만들어 백성에게 지키게 하였다.

韓	弊	煩	刑		韩	弊	烦	刑
한나라	폐단	번거로울	형벌		hán	bì	fán	xíng
한	폐	번	형		한	삐	판	씽

한비는 번거로운 형벌을 시행하다가 도리어 그 형벌에 나라가 지쳤다.

起	翦	頗	牧	起	剪	颇	牧
일어날	가위	치우칠	기를	qǐ	qián	pō	mù
기	전	파	목	치	지엔	푸어	무

진나라의 백기·왕전과 조나라의 염파·이목은 모두가 뛰어난 명장이었다.

用	軍	最	精	用	军	最	精
쓸	군사	가장	정할	yòng	jūn	zuì	qíng
용	군	최	정	용	쥔	쮀이	찡

이 네 장수는 군사들 지휘하기를 가장 정교하고 능숙하게 하였다.

宣	威	紗	漠	宣	威	纱	漠
펼	위엄	모래	모래벌	xuān	wēi	shā	mò
선	위	사	막	쉬안	웨이	샤	모어

이 장수들은 의젓하고 엄숙함이 북방 고비 사막의 오랑캐에까지 떨쳤다.

馳	譽	丹	青	驰	誉	丹	青
달릴	기릴	붉을	푸를	chí	yù	dān	qīng
치	예	단	청	츠	위	딴	칭

그들의 무공과 명예를 물감으로 색칠하여 단청을 만들어 후세에까지 전하게 하였다.

九	州	禹	跡	九	州	禹	迹
아홉	고을	임금	자취	jiǔ	zhōu	yǔ	jī
구	주	우	적	지우	조우	위	지

중국 천하를 9주로 나누어 정한 것은 하나라 우왕의 공적의 자취이다.

百	郡	秦	幷	百	郡	秦	并
일백	고을	진나라	합할	bǎi	jùn	qín	bìng
백	군	진	병	바이	쥔	친	빙

진나라는 천하를 통일하여 전국을 100군으로 나누어 다스렸다.

嶽	宗	恒	岱	岳	宗	恒	岱
큰산	마루	항상	터	yuè	zōng	héng	dài
악	종	항	대	위에	쫑	헝	따이

5악 중에서는 항산과 태산이 으뜸이라는 말.

禪	主	云	亭	禅	主	云	亭
고요할	주인	이를	정자	chán	zhǔ	yún	tíng
선	주	운	정	챤	주	윈	팅

봉선(흙단을 만들어 하늘과 산천에 제사 지냄) 때는 운운산과 정정산을 소중히 여겼다.

雁	門	紫	塞	雁	门	紫	塞
기러기	문	자줏빛	막을	yàn	mén	zǐ	sài
안	문	자	새	이엔	먼	즈	싸이

높은 봉우리로는 안문산이 있고 성으로는 만리장성이 높다.

鷄	田	赤	城	鸡	田	赤	城
닭	밭	붉을	재	jī	tián	chì	chéng
계	전	적	성	지	티엔	츠	청

명승지로는 계전과 붉은 돌의 적성이 있다.

昆	池	碣	石	昆	池	碣	石
맏	못	비석	돌	kūn	chí	jié	shí
곤	지	갈	석	쿤	츠	지에	스

또 못으로는 곤지가 있고 산으로는 갈석이 있다.

鉅	野	洞	庭	钜	野	洞	庭
클	들	고을	뜰	jù	yě	dòng	tíng
거	야	동	정	쥐	이에	똥	팅

그리고 들로는 거야가 있고 호수로는 중국 제일의 동정호가 있다.

曠 遠 綿 邈	旷 远 绵 邈
넓을 　 멀 　 연할 　 아득할	kuàng　yuǎn　mián　miǎo
광 　 원 　 면 　 막	쾅 　 위안 　 미엔 　 먀오

모든 산과 호수, 벌판들이 멀리 이어져 아득하게 보인다.

巖 岫 杳 冥	岩 岫 杳 冥
바위 　 멧부리 　 깊을 　 어두울	yán　xiù　yǎo　míng
암 　 수 　 묘 　 명	이엔 　 씨우 　 야오 　 밍

산과 골짜기 바위는 마치 동굴과도 같이 깊고 컴컴하다.

治 本 於 農	治 本 于 农
다스릴 　 근본 　 어조사 　 농사	zhì　běn　yú　nóng
치 　 본 　 어 　 농	쯔 　 번 　 위 　 농

농사로서 나라 다스리는 근본으로 삼았다.

務 茲 稼 穡	务 兹 稼 穑
힘쓸 　 이에 　 심을 　 거둘	wù　zī　jià　sè
무 　 자 　 가 　 색	우 　 쯔 　 지아 　 쓰어

봄에 심고 가을에 거두는 일에 힘썼다.

俶	載	南	畝	俶	載	南	亩
비로소	일하다	남녘	밭이랑	chù	zái	nán	mǔ
숙	재	남	묘	추	자이	난	무

봄이 되면 비로소 양지바른 남쪽 밭에 나가 경작을 시작한다.

我	藝	黍	稷	我	艺	黍	稷
나	재주	기장	피	wǒ	yì	shǔ	jì
아	예	서	직	워	이	수	지

나는 힘을 다하여 기장과 피를 심으리라.

稅	熟	貢	新	税	熟	贡	新
세납	익을	바칠	새	shuì	shú	gòng	xīn
세	숙	공	신	쒜이	수	꽁	씬

곡식이 익으면 세금을 내고 신곡으로 종묘에 제사를 올린다.

勸	賞	黜	陟	劝	赏	黜	陟
권할	상줄	물리칠	오를	quàn	shǎng	chù	zhì
권	상	출	척	취안	샹	추	즈

농사를 잘 지은 사람은 나라에서 상을 주고 게을러 잘못한 자는 내쫓는다.

孟	軻	敦	素	孟	轲	敦	素
만	때못만	날 도타울	바탕	mèng	kē	dūn	sù
맹	**가**	**돈**	**소**	멍	크어	뚠	쑤

현인(어진 사람) 맹자는 두텁고 소박하였다.

史	漁	秉	直	史	鱼	秉	直
사기	물고기	잡을	곧을	shǐ	yú	bǐng	zhí
사	**어**	**병**	**직**	스	위	빙	즈

사어는 그 성격이 곧고 매우 강직하였다.

庶	幾	中	庸	庶	几	中	庸
무리	몇	가운데	떳떳할	shù	jǐ	zhōng	yōng
서	**기**	**중**	**용**	수	지	종	용

그러하니 마음 속에 중용을 두고 거기에 가까워지기를 바라야 한다.

勞	謙	謹	勅	劳	谦	谨	敕
수고로울	겸손할	삼갈	경계할	láo	qiān	jǐn	chì
로(노)	**겸**	**근**	**칙**	라오	치엔	진	츠

그러자면 근로하고 겸손하며 삼가고 자기 몸을 경계하고 바로잡아야 한다.

聆	音	察	理		聆	音	察	理
들을	소리	살필	이치		líng	yīn	chá	lǐ
령(영)	음	찰	리		링	인	챠	리

목소리를 듣고서도 마음 속의 생각을 살핀다는 말.

鑑	貌	辨	色		鉴	貌	辨	色
볼	모양	판단할	낯		jiàn	mào	biàn	sè
감	모	변	색		찌엔	마오	삐엔	쓰어

용모와 얼굴색을 보고 그 마음 속을 밝히어 짐작한다는 말.

貽	厥	嘉	猷		贻	厥	嘉	猷
끼칠	그	아름다울	꾀		yí	jué	jiā	yóu
이	궐	가	유		이	쥐에	찌아	여우

군자는 착하고 아름다운 것을 후세까지 남길 것이오.

勉	其	祗	植		勉	其	祗	植
힘쓸	그	공경할	심을		miǎn	qí	zhī	zhí
면	기	지	식		미엔	치	즈	즈

그 올바른 도를 공경하여 자기 몸에 심어주도록 힘써야 한다.

省	躬	譏	誡	省	躬	讥	诫
살필	몸	나무랄	경계할	xǐng	gōng	jī	jiè
성	궁	기	계	씽	꽁	지	지에

자기 몸을 살펴 나무라거나 경계함이 있을까 조심하고 반성한다.

寵	增	抗	極	宠	增	抗	极
사랑할	더할	겨룰	지극할	chǒng	zēng	kàng	jí
총	증	항	극	총	쩡	캉	찌

임금의 사랑이 더할수록 교만하지 말고 지극함을 다하라는 말.

殆	辱	近	恥	殆	辱	近	恥
위태할	욕될	가까울	부끄러울	dài	rǔ	jìn	chǐ
태	욕	근	치	따이	루	찐	츠

위태롭고 욕된 일을 하면 부끄러움이 몸에 가까워진다.

林	皐	幸	卽	林	皋	幸	即
수풀	언덕	다행할	곧	lín	gāo	xìng	jí
림(임)	고	행	즉	린	까오	씽	지

부끄럽고 욕된 일이 가까이 오면 곧 수풀에 가서 살아가는 것이 행복하리라.

兩	疏	見	機	两	疏	见	机
둘	드물	볼	베틀	liǎng	shū	jiàn	jī
량(양)	소	견	기	리앙	수	찌엔	지

소광과 소수는 때를 보아 고향으로 돌아갔다는 말.

解	組	誰	逼	解	组	谁	逼
풀	꾸밀	누구	핍박할	jiě	zǔ	shéi	bī
해	조	수	핍	지에	주	셰이	삐

해조(解組)란 벼슬을 풀어놓고 떠나가니 누가 나를 핍박하리오.

索	居	閑	處	索	居	闲	处
찾을	살	한가할	곳	suǒ	jū	xián	chù
색	거	한	처	쑤어	쥐	씨엔	추

퇴직하여 한가한 곳에 가서 살면서 세상을 보낸다.

沈	默	寂	寥	沈	默	寂	寥
잠길	잠잠할	고요할	쓸쓸할	chén	mò	jì	liáo
침	묵	적	료	천	뭐	찌	랴오

고향으로 돌아와 조용히 지내니 아무 일도 없고 고요하기만 하다.

求	古	尋	論	求	古	寻	论
구할	옛	찾을	의논할	qiú	gǔ	xún	lùn
구	고	심	론	치우	구	쉰	룬

옛 성인 군자의 글을 구하여 읽고 배우며 그 도를 찾아 묻는다는 말.

散	慮	逍	遙	散	虑	逍	遥
흩어질	생각	노닐	노닐	sàn	lǜ	xiāo	yáo
산	려	소	요	싼	뤼	씨아오	야오

세상의 모든 생각을 흩어 잊어버리고 자연 속에 평화로이 놀며 즐긴다.

欣	奏	累	遣	欣	奏	累	遣
기쁠	아뢸	더럽힐	보낼	xīn	zòu	lěi	qiǎn
흔	주	루	견	씬	쩌우	레이	치엔

기쁜 것은 아뢰고 더러운 것은 보낸다.

慼	謝	歡	招	戚	谢	欢	招
슬플	사죄할	기뻐할	부를	qī	xiè	huān	zhāo
척	사	환	초	치	씨에	환	쟈오

슬픈 것은 사례하여 없어지고 즐거움은 부르듯이 온다는 말.

渠 荷 的 歷	渠 荷 的 历
개천 연꽃 적실할 지낼	qú hé dì lì
거 하 적 력	취 흐어 띠 리

개천의 연꽃은 또렷이 빛나 아름답다.

園 莽 抽 條	园 莽 抽 条
동산 풀 우거질 빼낼 가지	yuán mǎng chōu tiáo
원 망 추 조	위안 망 죠우 탸오

동산에 우거진 풀들은 가지를 높이 뻗고 있다.

枇 杷 晚 翠	枇 杷 晚 翠
비파나무 비파나무 늦을 푸를	pí pá wǎn cuì
비 파 만 취	피 파 완 췌이

비파나무는 늦은 겨울에도 푸른빛이 변치 않는다.

梧 桐 早 凋	梧 桐 早 凋
오동 시동 이를 시들	wú tóng zǎo diāo
오 동 조 조	우 통 쟈오 띠아오

가을철만 되어도 오동나무 잎은 벌써 말라 시들어버린다.

陳	根	委	翳	陈	根	委	翳
베풀	뿌리	맡길	가릴	chén	gēn	wěi	yì
진	근	위	예	천	껀	웨이	이

묵은 고목의 뿌리는 시들어 말라죽는다.

落	葉	飄	颻	落	叶	飘	飖
떨어질	잎사귀	나부낄	나부낄	luò	yè	piāo	yáo
락(낙)	엽	표	요	루어	이에	퍄오	야오

떨어진 나뭇잎은 바람에 펄펄 나부낀다.

遊	鵾	獨	運	游	鹍	独	运
놀	고니	홀로	운전할	yóu	kūn	dú	yùn
유	곤	독	운	여우	쿤	두	윈

곤어(鵾漁)는 아주 큰 고기라서 홀로 헤엄치며 논다.

淩	摩	絳	霄	淩	摩	绛	霄
업신여길	닦을	붉을	하늘	líng	mó	jiàng	xiāo
릉(능)	마	강	소	링	모어	찌앙	씨아오

곤어가 자라면 봉새(곤새)로 변하여 붉은 하늘을 마음대로 날아다닌다.

耽	讀	玩	市	耽	读	玩	市
즐길	읽을	가지고 놀	저자	dān	dú	wán	shì
탐	독	완	시	딴	두	완	스

왕충은 글읽기를 즐겨하여 항상 저자에 나가서 책을 즐겨 읽었다.

寓	目	囊	箱	寓	目	囊	箱
붙여살	눈	주머니	상자	yù	mù	náng	xiāng
우	목	낭	상	위	무	낭	씨앙

글을 눈으로 한 번 보면 잊지 않아 글을 주머니와 상자에 넣어둠과 같다고 함.

易	輶	攸	畏	易	辒	攸	畏
쉬울	가벼울	어조사	두려울	yì	yóu	yōu	wèi
이	유	유	외	이	여우	여우	웨이

군자는 쉽고 가벼우며 아무렇지도 않을 것 같은 일을 두려워해야 한다.

屬	耳	垣	墙	属	耳	垣	墙
붙일	귀	담	담	shǔ	ěr	yuán	qiáng
속	이	원	장	수	알	위안	치앙

말을 할 때에는 남이 담에 귀를 대고 듣고 있는 것처럼 여기라는 말.

具	膳	餐	飯	具	膳	飡	饭
갖출	반찬	먹을,삼킬	밥	jù	shàn	cān	fàn
구	선	손,찬	반	쮜	샨	찬	판

반찬을 갖추어 밥을 먹다.

適	口	充	腸	适	口	充	肠
맞을	입	채울	창자	shì	kǒu	chōng	cháng
적	구	충	장	스	커우	총	챵

입에 맞아 배를 채우면 된다.

飽	飫	烹	宰	饱	饫	烹	宰
배부를	먹기 싫을	삶을	다스릴	bǎo	yù	pēng	zǎi
포	어	팽	재	바오	위	펑	바이

배가 부르면 아무리 좋은 음식도 먹기 싫다는 말.

飢	厭	糟	糠	饥	厌	糟	糠
굶을	만족할	재강	겨	jī	yàn	cáo	kāng
기	염	조	강	찌	이엔	짜오	캉

반대로 배가 고프면 지게미나 쌀겨도 맛이 있어 만족한다는 말.

親	戚	故	舊	亲	戚	故	旧
친할	겨레	연고	옛(친구)	qīn	qī	gù	jiù
친	척	고	구	친	치	꾸	찌우

친척(일가, 외가, 처가 등)이나 옛 친구들.

老	少	異	糧	老	少	异	粮
늙을	젊을	다를	양식	lǎo	shào	yì	liáng
로(노)	소	이	량	라오	샤오	이	리앙

늙은이와 젊은이의 대접하는 음식은 달리해야 한다.

妾	御	績	紡	妾	御	绩	纺
첩	모실	길쌈	길쌈할	qiè	yù	jī	fǎng
첩	어	적	방	치에	위	지	팡

아내나 첩은 길쌈을 부지런히 해야 한다.

侍	巾	帷	房	侍	巾	帷	房
모실	수건	장막	방	shì	jīn	wéi	fáng
시	건	유	방	스	진	웨이	팡

안방에서는 수건과 빗을 준비해 두고 남편을 섬겨야 한다.

紈	扇	圓	潔	纨	扇	圆	洁
흰비단	부채	둥글	깨끗할	wán	shàn	yuán	jié
환	선	원	결	완	샨	위안	지에

흰 비단으로 만든 부채는 둥글고 깨끗하다는 말.

銀	燭	煒	煌	银	烛	炜	煌
은	촛불	환할	빛날	yín	zhú	wěi	huáng
은	촉	위	황	인	주	웨이	후앙

은촛대의 촛불은 환하게 밝고 빛나 휘황찬란하다는 말.

晝	眠	夕	寐	昼	眠	夕	寐
낮	잠잘	저녁	잘	zhòu	mián	xī	mèi
주	면	석	매	조우	미엔	씨	메이

낮에는 졸고 밤에는 잠을 자니 정말 한가한 사람의 일이다.

藍	筍	象	床	蓝	笋	象	床
쪽	죽순	코끼리	평상	lán	sǔn	xiàng	chuáng
람(남)	순	상	상	란	쑨	씨앙	추앙

푸른 대나무 순과 상아로 꾸민 침상이 영화를 누리는 사람의 거처이다.

絃	歌	酒	讌		绁	歌	酒	宴
악기줄	노래	술	잔치		xián	gē	jiǔ	yàn
현	**가**	**주**	**연**		씨엔	끄어	지우	이엔

거문고를 타고 노래와 술로 잔치를 한다.

接	杯	擧	觴		接	杯	举	觞
대접할	잔	들	술잔		jiē	bēi	jǔ	shāng
접	**배**	**거**	**상**		지에	뻬이	쥐	샹

손님과 더불어 크고 작은 술잔으로 서로 주고받으며 즐긴다.

矯	手	頓	足		侨	手	顿	足
바로잡을	손	조아릴	발		jiāo	shǒu	dùn	zú
교	**수**	**돈**	**족**		찌아오	쇼우	뚠	주

손을 놀리고 발을 굴러 춤을 춘다.

悅	預	且	康		悦	预	且	康
기쁠	미리	또	편안할		yuè	yù	qiě	kāng
열	**예**	**차**	**강**		위에	위	치에	캉

기쁘고 즐거우며 또한 편안하기 그지없다.

嫡	後	嗣	續	嫡	后	嗣	续
정실	뒤	이을	이을	dí	hòu	sì	xù
적	후	사	속	디	허우	쓰	쒸

본처에서 낳은 자식으로서 대를 잇는다는 말.

祭	祀	蒸	嘗	祭	祀	蒸	尝
제사	제사	찔	맛볼	jì	sì	zhēng	cháng
제	사	증	상	찌	쓰	쩡	챵

조상에게 제사를 지내되 겨울 제사는 증이라 하고 가을 제사는 상이라 하였다.

稽	顙	再	拜	稽	颡	再	拜
머리 숙일	이마	두 번	절	jī	sǎng	zài	bài
계	상	재	배	지	쌍	짜이	빠이

이마를 숙여 두 번 절을 하니 예를 갖춘 의식이다.

悚	懼	恐	惶	悚	惧	恐	惶
송구할	두려울	두려울	두려울	sǒng	jù	kǒng	huáng
송	구	공	황	쏭	쮜	콩	후앙

송구하고 두렵고 황송하니 공경함이 지극하다는 말.

牋	牒	簡	要	笺	牒	简	要
글	편지	간략할	요긴할	jiān	dié	jiǎn	yào
전	첩	간	요	찌엔	띠에	지엔	야오

편지와 글은 간단하게 요긴한 것만 써야 된다.

顧	答	審	詳	顾	答	审	详
돌아볼	대답할	살필	자세할	gù	dá	shěn	xiáng
고	답	심	상	꾸	다	션	씨앙

말대답을 할 때에는 잘 생각하고 살펴서 자세하게 해야 한다.

骸	垢	想	浴	骸	垢	想	浴
뼈	때	생각할	목욕할	hái	gòu	xiǎng	yù
해	구	상	욕	하이	꼬우	씨앙	위

몸에 때가 있으면 목욕할 것을 생각해야 한다.

執	熱	願	凉	执	热	愿	凉
잡을	뜨거울	원할	서늘할	zhí	rè	yuàn	liáng
집	열	원	량	즈	러	위안	리앙

뜨거운 것을 잡으면 저절로 서늘한 것을 바라게 된다.

驢	騾	犢	特	驴	骡	犊	特
나귀	노새	송아지	특별할	lú	luó	dú	tè
려(여)	라	독	특	뤼	루어	두	트어

나귀와 노새와 송아지와 숫소는, 즉 가축을 말한다.

駭	躍	超	驤	骇	跃	超	骧
놀랄	뛸	뛰어넘을	말뛸	hài	yuè	chāo	xiāng
해	약	초	양	하이	위에	챠오	씨앙

놀라고 뛰고 넘고 달리며 논다.

誅	斬	賊	盜	诛	斩	贼	盗
벌줄	죽일	도둑	도둑	zhū	zhǎn	zéi	dào
주	참	적	도	주	잔	제이	따오

역적과 도둑은 잡아서 죽이고 베어버릴 것이며,

捕	獲	叛	亡	捕	获	叛	亡
사로잡을	얻을	배반할	망할	bǔ	huò	pàn	wáng
포	획	반	망	부	후어	판	왕

모반하고 도망하는 자는 사로잡아 죄를 주어 법을 밝힌다.

布	射	遼	丸		布	射	辽	丸
베	쏠	멀	총알		bù	shè	liáo	wán
포	사	요	환		뿌	셔	랴오	완

여포는 활을 잘 쏘았고 웅의료는 공을 잘 굴렸으며,

嵇	琴	阮	嘯		嵇	琴	阮	啸
메	거문고	성	휘파람		jī	qín	ruǎn	xiào
혜	금	완	소		지	친	롼	씨아오

혜강은 거문고를 잘 탔고 완적은 휘파람 소리를 잘 내었다.

恬	筆	倫	紙		恬	笔	伦	纸
편안할	붓	인륜	종이		tián	bǐ	lún	zhǐ
넘(염)	필	륜(윤)	지		티엔	비	룬	즈

몽염은 붓을 처음 만들었고 채륜은 종이를 처음으로 만들었으며,

鈞	巧	任	釣		钧	巧	任	钓
무게 단위	교묘할	맡길	낚시		jūn	qiǎo	rèn	diào
균	교	임	조		쥔	치아오	런	땨오

마균은 교묘한 재주로 지남거를 만들었고, 임공자는 낚시를 처음으로 만들었다.

釋	紛	利	俗	释	纷	利	俗
풀	어지러울	이로울	풍속	shì	fēn	lì	sú
석	분	리(이)	속	스	펀	리	쑤

이 여덟 사람들은 어지러운 것을 풀어서 세상의 풍속을 이롭게 하였으니,

竝	皆	佳	妙	並	皆	佳	妙
아우를	다	아름다울	묘할	bìng	jiē	jiā	miào
병	개	가	묘	뼁	지에	지아	먀오

위 사람들은 모두가 아름답고 묘한 재주를 가졌었다.

毛	施	淑	姿	毛	施	淑	姿
털	베풀	맑을	맵시	máo	shī	shū	zī
모	시	숙	자	마오	스	수	쯔

모장과 서시는 모양이 맑고 아름다워서,

工	嚬	姸	笑	工	嚬	姸	笑
공교로울	찡그릴	고울	웃음	gōng	pín	yán	xiào
공	빈	연	소	꽁	핀	이엔	씨아오

묘하게 찡그리는 모습은 공교롭기 이를 데 없고, 웃는 모습은 곱기 한이 없었다.

年	矢	每	催	年	矢	每	催
해	화살	매양	재촉할	nián	shǐ	měi	cuī
년(연)	시	매	최	니엔	스	메이	췌이

해는 화살처럼 매양 재촉하듯 빠르게 지나간다.

羲	暉	朗	曜	羲	晖	朗	曜
황제이름	빛	밝을	빛날	xī	huī	lǎng	yào
희	휘	랑	요	씨	훼이	랑	야오

날마다 뜨는 아침 햇빛은 밝게 빛나고 있다.

璇	璣	懸	斡	璇	玑	悬	斡
아름다운 옥	구슬	매달릴	돌	xuán	jī	xuán	wò
선	기	현	알	쉬안	지	쉬안	워

구슬로 만든 혼천의가 높이 매달려 돌고 있으니,

晦	魄	環	照	晦	魄	环	照
그믐	넋	두를	비출	huì	pò	huán	zhào
회	백	환	조	훼이	포어	환	쟈오

그믐이 되면 달은 빛이 없다가 돌면서 보름이 되면 다시 밝은 달이 되어 빛을 낸다.

指	薪	修	祐		指	薪	修	祐
가리킬	땔나무	닦을	도울		zhǐ	xīn	xiū	yòu
지	신	수	우		즈	씬	씨우	여우

섶에 불이 타는 것처럼 정열을 가지고 몸을 닦으면 하늘로부터 도움을 받을 수 있다.

永	綏	吉	邵		永	绥	吉	邵
길	편안할	길할	높을		yǒng	suí	jí	shào
영	수	길	소		이옹	쒜이	지	샤오

그렇게 하면 오래오래 편안하고 길함이 높으리라.

矩	步	引	領		矩	步	引	领
법	걸음	이끌	옷깃		jǔ	bù	yǐn	lǐng
구	보	인	령		쥐	뿌	인	링

걸음을 바로 걷고 옷깃을 여미니 자세가 당당하다는 말.

俯	仰	廊	廟		俯	仰	廊	庙
엎드릴	우러러볼	행랑	사당		fǔ	yǎng	láng	miào
부	앙	랑	묘		푸	이앙	랑	먀오

궁전과 사당에서는 고개를 들어 우러러보기도 하고 구부리기도 하여 예의를 지킨다.

束	帶	矜	莊	束	帶	矜	庄
묶을	띠	자랑할	장엄할	shù	dài	jīn	zhuāng
속	대	긍	장	수	따이	찐	주앙

벼슬의 띠를 단속하여 단정히 함으로써 씩씩한 긍지를 갖는다.

徘	徊	瞻	眺	徘	徊	瞻	眺
배회할	배회할	쳐다볼	바라볼	pái	huái	zhān	tiǎo
배	회	첨	조	파이	화이	짠	탸오

이리저리 거닐며 쳐다보고 바라보는 것을 모두 예의에 맞게 한다.

孤	陋	寡	聞	孤	陋	寡	闻
외로울	더러울	적을	들을	gū	lòu	guǎ	wén
고	루	과	문	꾸	러우	구아	원

외롭고 천하고 추해서 듣고 보는 것이 적으면,

愚	蒙	等	誚	愚	蒙	等	诮
어리석을	어리석을	무리	꾸짖을	yú	méng	děng	qiào
우	몽	등	초	위	멍	덩	치아오

어리석고 못난 자들과 같아서 남의 꾸지람을 듣게 된다.

謂	語	助	者	谓	语	助	者
일컬을	말씀	도울	놈	wèi	yǔ	zhù	zhě
위	어	조	자	웨이	위	쥬	져

한문의 어조사 즉 도움을 주는 것에는 다음의 네 글자가 있다.

焉	哉	乎	也	焉	哉	乎	也
이끼	이끼	온	이끼	yān	zāi	hū	yě
언	재	호	야	이엔	짜이	후	이에

많은 어조사 중 특히 언·재·호·야의 네 글자가 많이 쓰이고 있다.

찾아보기

찾아보기

찾아보기

찾아보기